당신이라는
바람이
내게로
불어왔다

당신이라는 바람이 내게로 불어왔다

고민정 조기영 글·사진

북하우스

차례

프롤로그

어디에서부터 시작된 걸까.

스물한 살, 한 남자를 만나 사랑을 했다. 그는 가난한 시인이었다. 고급 스테이크 대신 1,500원짜리 국밥을 먹었고, 뾰족한 구두 대신 운동화를 신었다. 그가 살던 작은 옥탑 방에 있으면 세상을 다 가진 듯 행복했다. 봄이면 뒷산 아카시아 숲에서 향긋한 꽃내음이 바람에 실려 왔고, 문만 열면 드넓은 하늘이 온통 우리 것이었다. 난 그의 곁에서 늘 푸른 나무가 되겠다고 다짐했다. 그를 평생 시인으로 살 수 있게 해주고 싶었고 지금도 그 마음은 변함없다. 그가 강직성척추염이라는 희귀병에 걸렸다는 걸 알았을 때에도 그가 그저 나와 똑같이 걸을 수 있기만을 바랐다. 그 병은 나를 흔들리게 한 것이 아니라 오히려 나의 마음을 더욱 단단하게 만들어주었다. 그렇게 난 시인의 아내가 되었다.

스물여섯 살, KBS 아나운서가 되었다. 텔레비전에 나오는 사람들은 다른 세상 사람들이라고 생각했다. 하지만 어느 순간 난 카메라 앞에 서서 방송을 하고 있었다. 단순히 인기 있는 사람이 되고 싶어서 택한 직업은 아니었다. 가진 거라곤 세상밖에 없는 이들의 마이크가 되고 싶었다. 서로서로 위로를 주고받으며 살기 좋은 세상을 만들고 싶었다. 그래서 더더욱 스스로에게 엄격하려 했다. '춘풍추상春風秋霜'. 다른 이에겐 봄바람처럼 부드럽게, 나에겐 가을서리처럼 냉정해지고자 했다. 위를 보기보다는 아래를 바라보려 했고, 말과 행동이 다르지 않은 사람이고자 했다. 누가 나를 어떻게 바라보든 엔터테이너이기보다는 언론인이고자 했다.

서른셋, 엄마가 되었다.

결혼하고 6년 만에 갖게 된 아이였다. 그리고 3년 뒤 만나게 된 또 하나의 생명. 두 녀석이 나에게 봄날이기만 한 건 아니었다. 잘하고 있던 방송에서 내려와야 했고, 영화관에서 영화 보는 일조차 허락되지 않았다. 회사 승진에선 자꾸만 뒤처졌고, 집과 직장 아무리 열심히 한다고 한들 티도 안 나고 아이들에겐 늘 미안했다. 하지만 되돌아보니 내가 아이들을 키웠던 게 아니라 아이들이 날 어른으로 키우고 있었다. 아이들은 천 번을 넘어져가며 걸음마를 배웠고, 사랑을 할 땐 앞뒤 가리지 않고 온 마음을 다 주었다. 서운한 게 있어도 꿍하니 마음속에 담아두지 않았다.

그리고 서른아홉 해, 새로운 세상에 발을 들여놓았다. 서른아홉이라는 숫자의 중압감 때문일까, KBS에 있으면서 쌓였던 불합리함에 대한 분노일까, 내 아이들에게 살기 좋은 세상을 물려주고 싶은 욕심 때문일까…. 한 가지로 단정 지을 순 없지만 어쨌든 지금 난 안정된 월급봉투를 끊고 KBS 아나운서라는 명예를 던지고 허허벌판에 서 있다.

걱정과 고민이 꼬리를 잇는다. 어느 것 하나 정해진 것이 없기 때문이다. 어느 길을 가게 될지, 길이 있기는 한 것인지, 그 끝이 천 길 낭떠러지인 건 아닌지. 혼자 있는 시간이면 망상에 시달린다. 아침에 일어나 거울 앞에 서서 특별한 이유 없이 울기도 한다. 아이를 품에 안고 있을 때면 그냥 그 자리에 주저앉고 싶기도 하다. 아이들에게 물려줄 게 많은 부모였다면, 언론탄압 따위는 느끼지도 못했다면, 늘 깨어 있어라 말하는 남편을 만나지 않았더라면 난 어디에 있었을까.

하지만 그 안갯속 같은 두려움 속에서도 오늘 하루를 살아간다. 길이 없으면 만들면 되고, 홀로 있다고 여겨질 땐 주위를 둘러보면 된다. 무언가를 잃었을 땐 가지고 있는 것을 보면 되고, 그릇이 다 채워졌을 땐 과감히 비워내고 더 큰 그릇을 만들면 된다. 책이 내게 가르쳐준 것들이다.

이 책이 내 손에 쥐어졌을 때 난 어떤 모습을 하고 있을까.

나의 새로운 인생은 어떻게 시작될까.

2017년 대통령 선거를 며칠 앞둔 날 여의도에서,

고민정

그녀의 이야기

PART 1

꽃은 바람만으로 피는 것이 아니다

인생에 대해 내가 알았던 것은 무엇인가.
신중하기 그지없는 삶을 살았던 내가,
이긴 적도, 패배한 적도 없이, 다만 인생이 흘러가는 대로
살지 않았던가.

-『예감은 틀리지 않는다』 중에서, 줄리언 반스 저, 최세희 역, 다산책방.

드디어 나도 나이 한 살 더 먹는 게 두려운 때가 되었다. 서른이 넘어가면서 "나도 이젠 늙었어"를 농담 삼아 말하곤 했지만 그건 그저 가벼운 심심풀이 땅콩이었다. 하지만 마흔을 바라보게 된 지금은 사뭇 진지하다. 때론 깊은 바다 속에 좌초된 배 안의 무서운 적막이 내 안을 가득 채웠고, 맛있는 음식을 먹다가도 이유 없이 후두둑 눈물이 떨어졌다. 갯벌 위로 차오르는 밀물처럼, 언제부터 시작됐는지도 모르게 슬픔의 강물이 나를 적셨다. 깃대에 걸린 깃발처럼 휘날렸다가, 풍랑을 만난 배처럼 흔들렸다가를 반복했다.

이런 감정을 수면 위로 떠오르게 한 건 괴테였다.

이십대 중반의 나이에 괴테는 바이마르라는 인구 6,000명이 있는 작은 공국의 재상이 된다. 그는 그곳에서 군주의 신임 아래 국정을 운영한다. 그야말로 남부러울 것 없는 생활이었을 것이다. 하지만 그는 재상이 된 지 10년의 시간을 넘긴 어느 날 서른일곱 살의 자신을 바라보곤 아직도 젊다며 이런 말을 남긴다.

"큰일들에 매진해보고 싶다, 배우고, 교육받고 싶다, 마흔 살이 되기 전에."

그러곤 그는 궁정에서 보낸 11년의 생활을 뒤로 하고 이탈리아로 2년간의 여행을 떠난다. 그곳에서 그는 자신이 원래 문학을 위해 태어났다는 것을 분명히 인지하게 되었고 그때를 기점으로 그의 인생과 문학은 큰 변환기를 맞이한다.

괴테에 관한 아주 짧은 글이었음에도 불구하고 삼십대 후반의 내겐 큰 충격이었다. 회사 퇴근 후 집으로 또다시 출근해야 하는 엄마로 살다 보니 마음속 아우성이 들려도 한가롭게 몽상에 빠져 있을 수 없다는 이유로 애써 귀를 닫곤 했다. 하지만 250년 전 괴테의 한마디는 날 마구 흔들어댔다. 그날부터 난 사춘기 소녀처럼 고민이 많아졌고, 그로 인해 잠들지 못하는 날도 늘어만 갔다.

파도는 끊임없이 바다의 질문을 던진다

서른을 앞두었을 때에는 많은 사람들이 그랬던 것처럼 또 하루 멀어져 간다며 김광석의 〈서른 즈음에〉를 읊조리지 않았다. 누구처럼 한겨울 동해행 밤기차를 타지도 않았고, 친구를 붙잡아놓고 술잔을 기울이지도 않았다. 그래서 난 10년 단위마다 있다는, 나이로 인한 마음의 병을 이해하지 못했다. 그런데 마흔을 목전에 두고 방황이 시작되었다.

인생에 대해 내가 알았던 것은 무엇인가. 신중하기 그지없는 삶을 살았던 내가, 이긴 적도, 패배한 적도 없이, 다만 인생이 흘러가는 대로 살지 않았던가. 흔한 야심을 품었지만, 야심의 실체를 깨닫지 못한 채 그것을 위해 섣불리 정착해버리지 않았던가. 상처받는 게 두려웠으면서도 생존력이라는 말로 둘러대지 않았던가. 고지서 납부를 하고, 가능한 한 모든 사람들과 무난한 관계를 유지하면서 살았을 뿐, 환희와 절망이라는 말은 얼마 지나지 않아 소설에서나 구경한 게 전부인 인간으로 살아오지 않았던가. 자책을 해도 마음속 깊이 아파한 적은 한 번도 없지 않은가.

줄리언 반스의 『예감은 틀리지 않는다』에 나오는 글이다.

나는 어떤 인생을 살아온 것일까. 그저 무난하게, 흘러가는 대로 살아온 건 아닐까. 앞으로도 그저 세상에 순응하며 안락함을 좇으려는 건 아닐까? 물론 현재 은산이, 은설이 두 아이들이 무럭무럭 밝게 자라고 있는 걸 보면 가슴 벅차게 행복하다. 게다가 늘 나를 지지해주는 남편이 있으니 남부러울 게 없다. 하지만 내 2세들의 즐거움을 보기 위해, 위대한 어머니가 되기 위해 내 인생이 설계되어진 걸까? 아나운서가 된 것도, 시인을 사랑한 것도, 중국으로 떠나고, 책을 쓴 것도 모두 어디에서 시작된 것일까?

'어머니'라는 존재는 모든 시인의 뮤즈이며, 세상을 존재하게 하는 씨앗이다. 하지만 모든 여성들의 종착지가 '어머니'라면 우린 결국 종족번식을 위해 존재해야 하는 사람인 걸까? '어머니'라는 위대함에 내 개인의 성취는 조용히 숨죽일 것을 강요받아야 하는 것일까? 여러 생각들이 나를 흔들어놓았다.

지난 날 환희와 절망을 느낀 적이 언제였나 생각해봤다.

처음 그 사람의 사랑을 확인하던 순간이 떠오른다. 한적한 바닷가에서 그가 들려준 푸른하늘의 〈사랑 그대로의 사랑〉. 이 사람을 사랑하는 건지, 단순히 사람에 대한 호감인지 헷갈렸던 즈음이었다. 하지만 이 한 곡의 노래는 열한 살 연상의 시인을 사랑하고 있다는 걸 확인시켜주었다. 눈앞의 바다가 통째로 내 안으로 밀려드는 벅찬 순간이었다.

그리고 또 하나 환희의 순간은 KBS 홈페이지 합격자 명단에서 내 수험번호를 확인한 때였다. 취업이란 목표도 있었지만 부모님께 시인인 그 사람과의 결혼을 허락받기 위해선 반드시 이뤄내야 하는 일이었기에 그 마음은 단순한 기쁨이 아닌 환희였다. 뿐만 아니라 결혼 6년 만에 얻은 첫째 은산이가 건강한 모습으로 태어나던 순간, 돌이 지나도 걸음마를 하지 못하던 둘째 은설이가 첫발을 내딛던 순간, 베트남 할롱베이에서 배낭여행 중 실명 위기까지 갔던 그 사람이 우여곡절 끝에 현지 의사의 도움으로 치료를 받을 수 있었던 순간….

절망의 순간들도 있었다. 대학생 시절 민중대회 시위 도중 전경에게 머리채가 붙들렸던 순간, 사랑하는 그 사람이 병에 걸렸다는 걸 다른 사람을 통해 들었던 순간, 고상우 작가의 작품 속 모델이 된 것을 두고 누드라는 악의적 기사와 아무도 내 말은 믿으려 하지 않는 사람들에게 둘러싸였던 순간들….

하나하나 적어도 그저 흘러가는 대로 살지는 않았던 것 같다.

지방대 출신으로 아나운서가 되겠다고 했을 때, 아나운서가 된 이후 시인과 결혼했을 때, 남편의 병이 아이에게 유전

될 수도 있음을 알면서도 아이를 가졌을 때…. 모두 두려움을 떨치고 힘겹게 내린 선택의 결과들이었다. 내 인생 전체를 건 도전이었고, 그렇기에 그 기쁨은 환희라는 단어로도 다 포용할 수 없을 정도의 행복이었다.

또 절망의 순간들엔 어땠나. 늘 지금은 힘들어도 더 이상의 바닥은 없을 거라며 나 자신을 다독였고, 올라갈 일만 남았다고 스스로 용기를 북돋웠다.

지금 난 어디에 서 있나. 모든 게 불확실하다. KBS를 박차고 나왔으니 당장 생활비가 걱정이다. 수입이 전혀 없는 상황에서 건강보험료는 어떻게 해야 하나, 국민연금은 또 어쩌나 고민이다. 직장 어린이집을 다녔던 우리 두 아이들은 어디로 가야 하나, 앞으로 계속 방송을 할 수는 있을까 수많은 걱정들이 몰려온다.

하지만 나는 늘 어려운 선택의 기로에 서 있을 때면 심장이 가리키는 곳을 택했다. 환희의 순간은 그냥 주어지지 않는다는 걸 알기 때문이다.

앞으로 난 어떤 모습으로, 어디에 서 있게 될까.

어딘가를 바라보게 되는 것은

마음이 그곳을 가리키고 있기 때문이다

이윤을 추구해놓고 자기 최면이라도 하듯이
이건 연애야, 그래서 우린 결혼할 거야, 라고
다들 믿는 게 아닐까 싶어.

–『죽은 왕녀를 위한 파반느』 중에서, 박민규 저, 예담.

고요한 아침 정적을 살짝 흔드는 그녀의 옷자락 소리가 들린다. 숲에선 새들이, 바닷가에선 파도가 그 고요함을 깨운다면 나의 아침은 사람의 온기가 더해진 천의 바스락거림이 그 풍경을 채운다. 아무렇게나 헝클어진 그녀의 머릿결을 살살 손가락으로 빗어 넘기면 부드러운 감촉이 내 안 깊숙한 곳까지 와닿는 느낌이다. 어젯밤 물과 함께 씻겨 내려간 비누 냄새는 체온, 체취가 섞여 그녀만의 향기를 만든다. 그리고 그 향기는 키스를 부른다.

굳게 닫혔던 두 개의 창문이 조금씩 열리더니 아침에도 까

사랑은 세상이 듣지 못하는 소리를 듣는다

만 우주의 밤하늘을 보여준다. 새로이 태어난 그 아침, 그녀의 첫 눈빛 속에 나를 담는 데 성공한다. 우리는 서로 미소로 화답한 뒤 기꺼이 자신의 두 뺨을 내어준다. 바람 불면 구멍이 뻥 뚫리는 솜사탕, 폭신한 솜이 잔뜩 들어간 하얀 베개, 낮잠을 늘어지게 자고 있는 새끼강아지의 턱 밑이 그만큼 부드러울까. 그녀가 완전히 꿈속에서 빠져나오지 않도록 서로의 심장을 맞대고 상대방의 숨소리에 귀를 기울인다. 소리만으로도 충분히 따뜻하다.

"잘 잤어?"

그녀의 귀밑머리를 귀 뒤로 넘겨준다. 아침햇살을 닮은 그녀의 얼굴은 깊은 산 속 계곡물처럼 해맑다.

돌까지만 해도 남자인지 여자인지 분간이 잘 되지 않았는데 걷고 조금씩 말이 트이기 시작하면서부터는 점점 여자가 되어가고 있는 둘째 은설이다. 첫째와는 다르게 폭 안기는 걸 좋아하고, 잠들기 전에는 꼭 엄마, 아빠에게 뽀뽀를 한다. 음악만 나오면 곰돌이 푸우 같은 몸을 유연하게 흔들며 리듬을 타고, 맛있는 게 있으면 꼭 엄마 입에 넣어준다. 누가 묻지 않아도 하루에도 몇 번씩 혼자 중얼거리게 된다.

"이렇게 예쁜 아이를 누구한테 시집보내나?"

딸이 생기기 전까지는 이 말에 전혀 공감하지 못했다. 스무 살만 되면 얼른 독립시켜야 한다며 큰소리쳤던 나였으니 말이다. 언젠가 어떤 딸 바보 아빠가 이런 말을 했다. 딸이 마흔 살이 되기 전까지는 절대 시집보내지 않겠다고. 그 말을 들으며 코웃음을 쳤는데 요즘은 백퍼센트 공감 중이다. 그래서 또 수행에 들어간다. 아들은 열 살만 넘으면 다른 여자의 남자가 될 것이라고 스스로에게 주입했듯이 딸도 나처럼 다른 남자에게 푹 빠져 허우적댈 것이라며…….

시인과 결혼하고 나서 난 기대보다 사람들로부터 더 많은 관심을 받았다. 내 인생에 소개팅 한 번 못 해보고 스캔들 한 번 못 내본 게 한이었는데 '시인의 아내가 된 아나운서'라는 타이틀은 그에 못지않은 화려한 스포트라이트를 받게 했다. 곱지 않은 시선을 보내는 이들보다는 좋은 시선을 보내는 이들이 많았다. 이걸 경제적 가치로 따진다면 강남의 아파트 한 채는 족히 넘지 않을까 싶을 정도로 따뜻한 관심이다.

그 사람을 내 남자로 받아들일 당시 난 경제력보다는 사랑에 더 큰 가치를 두었다. 물론 그렇다고 해서 매일 하트 눈빛을 날린다든지, 매일 달빛 아래서 사랑의 시를 주고받는다든지 하는 닭살 행각을 말하는 게 아니다. 가끔은 불꽃 튀는 부부싸움을 해 집을 나가보기도 했고, 친구들을 만나 남편 흉을 바가지로 보기도 했다. 그렇다 하더라도 그런 것들은 그저 순간의 화풀이일 뿐 근본적으로 결혼을 후회한 적은 지금까지 단 한 번도 없었다. 이쯤 되면 누군가 꼭 이런 말을 한다. 20년은 살아봐야 안다고. 신혼 땐 3년은 살아봐야 한다더니, 3년이 지났을 땐 원래 5년이 고비란다. 그리고 또 5년이 지나니 10년도 안 살아보고 말해 무엇하냐고 말한다. 결혼 12년, 연애까지 합쳐 18년이 지난 지금은 그저 한 귀로 듣고 한 귀로 흘린다. 닥치지도 않은 미래의 불확실한 불행을 미리 슬퍼할 필요는 없으니까.

그렇다고 해서 다른 사람들의 결혼에 대해 왈가왈부 평가하고 비난하고 싶은 마음은 티끌만큼도 없다. 각자 개개인의 인생이고 그들의 자유이니까. 내가 택한 남자를 부모님조차 뭐라 할 수 없다는 내 신념에 비춰보건대 남이 어떤 결혼을 하건 내가 상관할 일은 절대 아니다. 그건 그야말로 꼰대들이나 하는 잔소리니까.

자식이라고 예외일 수는 없다. 부모인 나에겐 아이를 키우고 보호할 의무만 있지, 그들에게서 무엇을 받아야 한다는 권리는 없다. 물론 딸아이가 어떤 남자를 데려온들 내 성에 차지는 않을 것이다. 머리끝부터 발끝까지 내겐 온통 사랑스런

소중한 친구가 된 은설이
너는 어떤 사랑을 하게 될까

구석밖에 없는데 누가 온들 마음에 쏙 들까. 하지만 세상에 생명을 갖고 태어난 이상 그 아이는 내 소유물이 아니니 욕심 부려선 안 된다고 늘 다짐한다. 그저 조금 더 삶을 겪어본 사람으로서 해주고 싶은 말은 있다.

세상 사람들은 흔히 그런다. 남자는 여자의 외모를 보고, 여자는 남자의 재력을 본다고. 그 전에는 능력을 봤다지만 재력을 따라갈 게 아무것도 없다고 판단했는지, 자본주의 속성이 본래 그런 것인지 모르겠으나 현재 신랑감 조건의 1순위는 돈, 즉 재력이다. 이제는 이런 조건을 내세우는 게 부끄러운 일도 아니다. 사랑하는데 돈도 많으면 그건 덤이지가 아니라 돈이 많은데 사랑도 하면 완전 땡큐지가 되어버린 것이다. 뭔가 찜찜하다. 돈이 조금 부족해도 사랑이 넘치면 충분히 행복할 수 있는데 이걸 꼰대스럽지 않게 반박할 수 있는 논리는 없을까. 이에 대한 시원한 논리를 『죽은 왕녀를 위한 파반느』에서 박민규가 이야기한다.

경제력이 좋은 남자를 만난다거나 그런 일들… 그러니까 일단은 그래서 눈에 들어온다는 얘기지. 직업을 본다거나 집안을 따진다거나… 말하자면 그런 배경이 있어야 오우, 케이하는 거잖아. 그러니까 그에 맞는 결혼을 한다거나 그에 따른 윤택한 출발을 하는 일은 사랑이 아니라 영리활동이란 얘기지. 그것이 좋고 나쁘고의 얘기가 아니라… 뭐랄까, 그런 활동을 통해 어쨌거나 그만큼의 이익을 얻은 거잖아. 그럼 된 거 아닌가? 사랑해주지 않는다거나, 생일인데도 그냥 넘어갔다거나. 그런 건 그야말로 욕심인 셈이지. 즉 이윤을 추구해놓고 자기 최면이라도 하듯이 이건 연애야, 그래서 우린 결혼한 거야, 라고 다들 믿는 게 아닐까 싶어.

결국 연애도, 결혼도 비슷한 사람들끼리 만나게 되는 게 아닐까? 심리학자인 카를 구스타프 융은 우리 안에 이성異性, 즉 남자는 여성을, 여자는 남성을 품고 있다고 말한다. 남자는 그 무의식 내부에 감성적이며 여성적인 것을 품고 있는데 이것이 바로 아니마Anima다. 반면 여자는 그 무의식 내부에 이성理性적이며 남성적인 것을 품고 있는데 이것을 아니무스Animus라고 말한다. 그래서 사랑에 빠질 때도 자신 안에 있는 이성異性과 유사함을 지닌 또 하나의 나를 찾게 된다고 한다. 그러니까 지금 내 옆에 있는 사람은 미우나 고우나 내 안에 있는 또 다른 나인 셈이다.

은설이는 어떤 남자와 사랑에 빠지게 될까? 은설이가 품고 있는 또 다른 남성인 아니무스는 어떤 모습일까? 아직 너무 어린 딸아이지만 어떤 남자와 사랑에 빠질지 무척 기대된다. 물론 엄마인 나를 무척이나 속상하게 할 수도 있을 것이다. 내가 꿈꿔오던 사윗감이 아닐 수도 있다. 하지만 날 얼마나 아프게 할지는 중요하지 않다. 딸아이가 자신의 선택을 얼마나 신중하게 결정할지, 그에 따른 결과물들을 얼마나 자신만의 삶의 언어로 만들어내는지가 더 중요하다. 그리고 이러한 과정들은 분명 나를 또 한 번 성숙하게 만들 것이다. 딸을 내 품에서 떠나보내야 한다는 걸 피부로 느낄 것이고, 내가 시인의 아내가 됐을 때 내 어머니의 마음을 한층 더 깊이 이해할 것이다.

두 번 다시 없을 그런 사랑을 했으면 좋겠다. 이름을 떠올리는 것만으로도 눈물이 나는 사랑, 그를 위해서라면 기꺼이 내 생명을 아낌없이 버릴 수 있는 사랑, 모두가 등을 돌렸을 때에도 서로가 버팀목이 되어 인생의 파고를 헤쳐나갈 수 있는 사랑 말이다. 한 번뿐인 삶, 한 번 지나가면 돌아오지 않는 싱그러운 젊은 시절의 사랑이 부디 후회 없는 한 편의 영화와 같기를, 뜨거운 사랑이란 걸 영화 속 이야기로만 듣는 게 아니라 내 가슴속에 뛰고 있는 심장으로 느껴보기를 바란다. 두근두근… 두근두근….

진정한 예술가는 그림을 그리거나
색칠하는 사람이 아니다.
오히려 자신의 온 삶에서
모든 생각과 행동을 아름다움에 맞추는 사람이다.

-『아름다운 삶, 사랑 그리고 마무리』 중에서, 헬렌 니어링 저, 이석태 역, 보리.

"삶으로 보여주는 아나운서가 되고 싶어요."

지금까지 해온 수많은 인터뷰 중에서 내가 가장 많이 한 말이다. 아나운서라는 직업을 갖게 되기까지 모두가 제각각 다양한 사연과 이유가 있을 것이다. 하지만 내가 아나운서가 된 궁극적인 이유는 바로 저 한 문장에 압축되어 있다.

진로를 정해야 했던 대학 졸업 무렵의 난, 단순히 돈을 벌기 위한 직업이 아닌, 단 몇 사람이라도 힘들고 지친 이들에게 따뜻한 위안이 되고 희망을 주는 사람이 되고 싶었다. 대학 노래패에서 불렀던 노래 속 주인공들과 함께하고 싶었다.

〈청계천 8가〉에 나오는 파란불도 없는 횡단보도를 건너가는 사람들, 〈청소부 김씨 그를 만날 때〉의 청소부 김씨, 〈사계〉 속 청춘이 저물도록 미싱을 돌려야 하는 사람들의 옆자리 말이다. 학생 때는 그들의 삶을 노래했다. 그리고 사회에서는 그들의 삶에 작게나마 힘이 되고 싶었다. 그런 나의 소망을 실현하기 위해 택한 직업이 아나운서였다. 아나운서는 분명 사람들의 이목이 집중되는 자리이다. 자신의 배를 불리기 위해 작정하면 누군가를 상처 입힐 수도 있지만, 반대로 자신의 생각과 철학으로 더 많은 사람들을 웃게 할 수 있는 자리이기도 하다. 아나운서라는 꿈의 씨앗을 마음속에 파종한 이후 난 말한 대로 살려고 노력했다. 한 번의 구호가 세상을 손쉽게 바꿔버릴 수 없듯 한마디의 말로 누군가를 진실로 위로하지는 못한다는 걸 안다. 그래서 난 삶으로 보여주고자 결심했고 시간이 오래 걸리더라도 소의 우직함처럼 내 길을 걷고자 했다. 그리고 그 앞선 길에는 한 세기 전의 사람들인 스코트 니어링, 헬렌 니어링 부부가 있었다.

열한 살 연상의 남자를 사랑했던 내게 스물한 살 차이가 나는 부부는 존재 자체로 용기를 주었다. 1990년대 말만 해도 연인의 나이 차이가 열 살 이상 나는 건 흔한 일이 아니었다. 처음 그 사람을 만났을 때도 많은 고민이 있었던 게 사실이었으니까. 하지만 지구가 만물을 아래로 끌듯이 그에게로 향한 내 마음도 막는다고 막아지는 일이 아니었다. 그래서 난 내 사랑이 이상한 게 아님을 확인받고 싶었다. 그러던 중 알게 된 니어링 부부의 이야기는 여권에 찍힌 입국 확인 도장 같았다. '당신들의 사랑은 불법이 아닙니다. 여행을 하듯 마음껏 사랑하세요'라고 말이다.

스코트는 생활의 질을 높이기보다 삶의 질을 높이고자 했다. 스코트는 이렇게 말했다.

"삶에서 정말 중요한 것은 당신이 갖고 있는 소유물이 아니라 당신 자신이 누구인가 하는 것이다. 나는 그 사람이 어떤 사람이냐, 어떤 행위를 하느냐가 인생의 본질을 이루는 요소라고 생각한다. 단지 생활하고 소유하는 것은 장애물이 될 수도 있고 짐일 수도 있다. 우리가 가지고 있는 것이 아니라 그것으로 우리가 어떤 일을 하느냐가 인생의 진정한 가치를 결정짓는 것이다."

스코트 니어링은 스물한 살 연하인 헬렌에게 이렇게 말했다. 인생의 본질은 무엇을 소유하느냐에 따라 달라지는 게 아니라 어떻게 사느냐에 따라 달라진다고 말이다. 조금은 고리타분하기도 하고 뜨거운 사랑고백이 아니어서 아쉽기도 하지만 결혼을 생각한다면 한 번쯤 고민해봐야 할 인생설계 아닐까?

언젠가 한 방송에서 나는 100만 원짜리 가방을 사느니 10만 원짜리 가방 10개를 사겠다는 말을 한 적이 있었다. 그건 단순히 명품에 대한 반발심이 아니라 물질에 끌려가고 싶지 않은 내 자존심의 발로였다. 그리고 이런 자존심은 그 사람과 사랑을 나눴던 날들 속에서 형성된 것이었다. 우린 데이트를 하면서도 시장 국밥을 가장 즐겨 먹었고, 차비를 아껴보겠다는 핑계 아닌 핑계로 뚜벅이 데이트도 참 많이 했다. 그래서 그와 데이트 약속이 있는 날이면 난 어김없이 구두가 아닌 운동화를 신고 나갔다. 가난한 사랑이었지만 초라하지 않았다. 곱게만 자란 늦둥이 막내딸은 자신의 소신과 철학을 지닌 한 남자 덕분에 그렇게 성장하고 있었다.

스코트 니어링과 내 남편 조기영의 닮은 점은 여기에서 끝나지 않았다.

스코트의 한 면은 엄격하고 교훈적이며, 옳고 그름을 양보하지 않는 것이었다. 다른 한 면은 붙임성 있고 친절하며 저 시처럼 낭만스럽기까지 했다. 그 사람이 때로는 극단의 정의

관으로 나를 이끌려고 한 적도 있지만, 운 좋게 나는 그이의 사랑 쪽이 가진 포근한 우산 아래 들어갔다.

그는 한없이 부드럽고 자상한 사람이었지만 옳고 그름을 구분 지어야 할 때엔 한기가 서릴 만큼 냉정한 사람이었다. 평소엔 그토록 달콤한 연인이지만 때론 눈물이 날 만큼 다그치기도 했다. 그리고 10년이 훌쩍 지난 지금 돌아보면 그의 선택은 항상 옳았다. 그는 알고 있을까? 자신의 모습이 스코트 니어링의 모습과 쌍둥이처럼 닮아 있다는 것을 말이다.

해블록 엘리스H. Ellis는 이렇게 썼다.

"진정한 예술가는 그림을 그리거나 색칠하는 사람이 아니다. 오히려 자신의 온 삶에서 모든 생각과 행동을 아름다움에 맞추는 사람이다."

스코트는 깔끔하고 소박한 생활, 훌륭한 농장 운영, 차곡차곡 쌓은 땔감과 퇴비더미, 반짝반짝 빛나는 연장들, 꼼꼼하게 정리된 노트, 정성들여 읽기 쉽게 쓴 원고에서 예술가였다. 나는 스코트가 생활 자체를 예술 작업으로 하고 있다고 느꼈다.

사랑 그대로의 사랑
예술 그대로의 예술

그의 생활풍경이 스코트처럼 문자 그대로 깨끗하지는 않다. 여기저기 시어詩語들을 적어놓은 쪽지는 흩어져 있고, 전날 입었던 옷은 벗은 모양 그대로 방 한 켠에 구겨져 있다. 하지만 사람을 대하는 모습은 예술 그 자체이다. 먹을 것이 있으면 늘 경비 아저씨를 챙기고, 아이들과 외출할 땐 먼저 내려가 차에 히터를 틀어놓는다. 아내의 부탁 한마디엔 자다가도 벌떡 일어나고, 어려운 지인들에겐 아낌없이 있는 것을 나눠준다. 수억 원을 호가하는 그림을 거실에 걸어놓지 않아도, 수천만 원짜리 앰프로 음악을 듣지 않아도 항상 즐겁고 행복할 수 있는 건 이런 사람과 함께 있기 때문이다. 사람들은 예술작품에 일방적인 사랑을 주지만 난 예술과 사랑을 주고받고 있는 것이다.

사랑의 색깔은 다 비슷한 것일까? 스코트를 보며 그 사람과 참 닮았다고 생각했는데 이제 보니 헬렌도 나와 참 비슷한 여인이란 생각이다.

1929년 봄 스코트는 내가 유럽으로 돌아가 한동안 잘 사는 유럽 친구들과 지내면서 자기와 사는 생활(형편이 조악한 생활)과 그 사람들과 사는 생활(상류층 생활) 중에 어느 쪽을 바라는지 생각해보라고 권했다. 나는 짐을 꾸려 내가 그렇게 좋아하던 네덜란드행(어머니와 같이 갈 때 1등 칸을 이용하던 것과는 달리 이번에는 3등 칸의) 배를 탔다. 나는 환영과 축하 인사를 받았고, 청혼을 받았다. 파리, 런던, 암스테르담에서 부자들의 걱정 없는 생활로 미끄러져 들어가는 것은 쉬운 일이었다. 스코트의 영향이 없었더라면 나는 쉬운 길을 택해 귀족과 결혼하거나 집 둘레에 호가 파져 있는 교외 저택의 가정을 택했을 것이다.

그 무렵 스코트한테서 이런 전보가 왔다.

"내 책 '전쟁war'에 관한 일을 시작할 수 있는 돈을 얻었습니다. 여기 와서 도와주시겠습니까?"

나는 그 제안은 물론이고 그처럼 진지한 과제를 거부할 수 없었다. 나는 구혼자들과 상류층 생활을 버렸다. 긴 머리를 자르고 좋은 옷과 보석, 값비싼 소지품들을 여자 친구들에게 나누어주고 떠날 준비를 했다. 당시 네덜란드에 있던 부모님에게 내 바이올린을 맡겼다. 부모님들은 유리한 조건의 결혼에 큰 기대를 걸고 있었으므로, 내 결정에 불만이었다. 그러나 나는 이것이 내 인생에 또 하나의 전환점이 되리라는 것을 충분히 깨닫고 있었기 때문에 바로 다음 배 편에 몸을 실었다.

나라도 그랬을 것이다. 인생의 큰 전환점이 될 게 확실한데, 나의 숨은 재능까지 발견해 나를 더 큰 사람으로 만들어줄 게 확실한데 어떻게 그를 놓친단 말인가. 마치 나의 전생을 보는 듯한 기분이다.

지금도 나는 '삶과 사랑'에 대한 특강을 할 때면 반드시 이 책을 빼놓지 않고 소개한다. 헬렌 니어링이 이 책을 썼을 때는 저 머나먼 동양의 한 여대생이 자신의 글을 통해 큰 용기를 얻고 자신들의 삶을 이정표로 여길 거라곤 상상하지 못했을 것이다. 그저 덤덤하게 자신의 인생과 삶, 사랑에 대한 가치관을 솔직하게 적었을 것이다. 하지만 나비의 날갯짓이 폭풍을 불러일으키듯 그녀의 이야기는 한 세기를 건너, 바다 건너편에 있는 나의 삶을 통째로 흔들어놓았다.

사람들은 종종 묻는다. 어떤 기준으로 사람을 택해야 하느냐고. 나도 정답은 모른다. 앞일은 아무도 모르는 것이니 단정 지을 수 없다. 하지만 분명한 것은 하나 있다. 18년 전 그 사람을 선택한 것이 나의 운명을 아름답게 바꿔놓았다는 것. 시인의 아내, 현명한 엄마, 따뜻한 아나운서. 모두 그가 빚어낸 내 안의 나라는 것 말이다.

그에게 시가 있다면
내게는 마이크가 있었다

이름 묻힌 들풀로 살아도 좋다
터럭만큼도 부끄러워하지 않는
꿋꿋한 들풀로 살아도 좋다

-〈들풀〉 중에서, 장재인 저.

무심히 시간이 흘러가는 날들이었다.

밤 열시 전철 안. 찬바람이 얼굴을 스칠 때마다 어디서부터 시작된 건지 모를 술 냄새가 얼굴을 덮쳤다. 전철 안의 사람들은 손바닥만 한 네모 세상에 빠져 있느라 고개를 푹 숙인 채 꿈쩍을 하지 않았다. 덜컹거리는 기계음이 가득 찬 가운데 사람의 소리라고는 오직 경로석 하나는 잘 만들었다며 수다를 떨고 있는 할아버지들의 목소리뿐이다.

힘들다고 해서 쉬어갈 수 없는 숫자판 위 시곗바늘처럼 매일 빠듯한 방송 스케줄을 소화해야 하는 난 집과 회사를 다닐 때 주로 자가 운전을 했다. 대중교통을 이용하면 사람들이 알아봐 쑥스러울 거란 생각, 조금이라도 길 위에서의 시간을 아껴보겠다는 생각, 단 몇 걸음이라도 덜 걸어보겠다는 생각에서였다. 하지만 내 육체의 편안함과 비례해서 내 속은 곪아가고 있었다. 방송과 육아로 운동할 짬을 낼 수 없었던 난 매일 밤 피로에 찌든 채 잠자리에 들었다. 한파가 몰아닥쳤는지, 황사가 얼마나 심한지, 눈길이 얼마나 미끄러운지를 방송에서 떠들었지만 그저 원고를 읽어내려갈 뿐 실은 계절의 변화를 전혀 느끼지 못하고 있었다.

'걷자. 러닝머신 대신 전철 계단을 오르내리면 되지 뭐. 우리 애들하고 늙을 때까지 건강하게 지내려면 조금씩이라도 움직여야지.'

목적지까지 시간은 더 걸렸지만 그 대신 넓은 세상이 눈안에 들어왔다. 수줍은 얼굴로 전철역 벤치에 앉아 이야기를 주고받는 연인, 술을 마신 것도 아닌데 떡이 되어 앉아 있는 양복차림의 남자, 검정봉지를 발 밑 사이에 놓고는 정면만 뚫어지게 보고 있는 중년의 아줌마, 영혼 없는 멘트로 호객 행위를 하는 지하상가의 점원, 허기진 배를 어묵꼬치로 때우며 지나가는 이들을 구경하는 중년의 아저씨…. 모두 나와 동시대를 살고 있는 이웃들이자 나 자신의 모습이었다. 화려한 꽃

목적지까지 시간은 더 걸렸지만
대신 넓은 세상이 눈 안에 들어왔다

이 되고 싶은 꿈을 가슴에 하나씩 품고 있을지 모르는, 그들의 모습과 나의 모습은 장재인의 유고시집에 나오는 〈들풀〉이었다.

목숨이 제 목숨이 아니고
명예가 명예가 아닌 세상
이름 묻힌 들풀로 살아도 좋다
터럭만큼도 부끄러워하지 않는
꿋꿋한 들풀로 살아도 좋다

밟아도 다시 일어서는
용서함의 뿌리로 살아도 좋다
낮에는 해 아래 수고하고
밤에는 별과 쉬며
외로워도 정녕 외롭지 않은 들풀이라야
나는 좋다
그래야 좋다

아내와 아들을 비가 오는 날, 버스 추락사고로 동시에 잃었고, 그들의 주검을 찾은 이후엔 가족이 없는 세상에서 도저히 살아갈 수가 없다며 긴 유서를 남긴 채 아내와 아들의 뒤를 따라간 시인이었다. 엄혹했던 1980년 공주사범대학 총학생회장을 지내며 당시 많은 민주인사들이 그랬듯, 그 역시 수배와 감옥 생활을 거쳤다. 불의한 세상에 고개 숙이지 않겠다는 강인함은 그 어떤 풍파 앞에서도 물러서지 않을 것 같은데 사랑 앞에선 그럴 수 없었나 보다. 총칼 앞에서도 당당했을 그는, 사실 가족을 무척이나 사랑했던 따뜻한 남편이자 아빠였던 것이다. 그래서인지 그가 말하는 '명예', '목숨', '들풀'과 같은 자칫 딱딱해질 수 있는 단어들이 오히려 따뜻하게 다가온다.

방송이라는 화려한 세계에서 사는 사람이 거친 들판의 '들풀'을 언급하는 것이 모순돼 보일 수도 있겠다. 하지만 똑같은 한 송이의 꽃이더라도 넓은 들판의 들풀과 함께 있고자 하는 꽃과 예쁜 화분에 홀로 아름다움을 뽐내려는 꽃은 분명 다를 것이다. 나의 본능이 후자後者에 속해 있는지는 몰라도 나의 이성은 늘 전자前者를 향했다. 저절로 그렇게 됐다기보다는 '지향'했다는 말이 맞겠다. 그리고 때론 스스로에게 주입하기도 했다.

'하. 들풀로 살아도 좋다. 이름 묻힌, 꿋꿋한 들풀로 살아도 좋다… 고민정, 너 정말이니?'

내 안에 내가 묻는다.

'퇴근길 전철 속에 몸을 실으며 아무도 아는 척해주지 않아 서운하진 않았니? 대학원 수업 때문에 학교 교정을 걸어 들어갈 때 쏟아져 나오던 학생들이 나를 보고도 멈칫하는 기색조차 없어 혼자 속으로 서운한 적은 없었니? 혼자 김밥 집에 들어가 김밥 한 줄을 시키고 돈을 건넬 때 주인아줌마가 눈도 마주치지 않아 데면데면하진 않았니? 이 모든 대답에 솔직히 아무렇지도 않았다고 말할 수 있겠니?'

그래, 솔직히 서운했다. 민망했고 초라하게 느껴졌다. 그건 마치 명동 한복판에서 오랜만에 본 친구에게 큰 목소리로 인사를 했는데 상대방이 쌩하고 지나갔을 때의 기분이다. 못 봤을 수도 있고, 정말 몰라봤을 수도 있지만 내 마음은 배 멀미를 하듯 울렁거렸다.

하지만 늘 그랬듯 스스로에게 다시 한번 주입한다.

'무슨 상관이야!'

언제부터인지는 정확히 기억나지 않는다. 방송을 많이 하던 무렵 홀연히 떠났던 1년간의 중국여행 이후라 짐작된다. 그간 읽어왔던 책들이 내게 가르쳐줬다. 많은 걸 내려놓을수록 더 많은 걸 얻을 수 있다고, 그릇의 크기를 키우기 위해선 지금의 그릇을 깨끗하게 비우지 않으면 안 된다고 말이다. 그래서 난 그때 집도, 차도, 명예도, 부도 모두 내려놓고 떠났다. 그렇게 중국으로 떠난 지 5년쯤 지나고 보니 진짜로 내 그릇은 커져 있었고, 그 전보다 더 많은 걸 누리게 되었다. 그토록 동경했던 '저자'라는 이름을 얻게 되었고, 언제 들어도 사랑스런 '엄마'라는 칭호를 부여받았다. 무엇보다 '아나운서 고민정'보다 '인간 고민정'을 좋아해주는 사람이 내 곁에 더 많아졌다. 책은 내게 거짓을 가르치지 않았다. 신영복 선생님이, 니어링 부부가, 맹자가 그렇게 날 이끌어줬다.

그 이후 삶을 대하는 내 태도는 많이 달라졌다. 내 전체 인생의 그림을 놓고 보면 아주 작은 각도가 틀어진 것이지만 시간이 흐를수록 그 차이는 점점 커졌고 내 인생의 그림은 내가 생각했던 대로 그려졌다. 난 홀로 빛나는 장미꽃이 아닌 여럿이 함께여서 더욱 아름다운 안개꽃이 되어가고 있었다.

가는 곳마다 한 줌의 안개꽃들을 만난다. 술 냄새를 풀풀 풍기고 서 있는 저 아저씨는 무슨 일로 저렇게 인사불성이 됐을까? 오늘 밤 마눌 님한테 바가지 좀 긁히겠는데? 하며 혼자 피식 웃는다. 여자 셋에 남자 둘의 대학생들. 즐거운 수다 속에 흐르는, 묘한 기운이 연애의 온도를 짐작하게 한다. 그들의 풋풋함과 설렘이 내게도 스며드는 것 같아 어쩐지 기분이 좋다.

나 또한 그들의 모습과 다르지 않다. 카메라 앞에선 깔끔하고 세련된 모습이지만 일상 속 고민정은 은산이 은설이 엄마, 용감한 아줌마이다. 전철에 올라서자마자 가방을 의자에 던지는 경지까지 가지는 못했지만 분명 아이를 낳기 전보다 더 용감해졌다.

분만 침대에서 내려온 이후부터였다. 한 마리의 어미짐승이었던 난 내 새끼를 살리기 위해 어미로서의 모든 본능을 깨웠다. 젖꼭지가 떨어져 나가는 아픔이 있었지만 내 새끼 배를 채우기 위해 울면서 젖을 물렸다. 한밤중에도 아기에게 무슨 일이 생겼을까 작은 바스락거림에도 저절로 눈이 뜨였고, 열이 끓어오르기도 전에 이미 직감적으로 아이가 아프다는 걸 알 수 있었다. 이런 어미로서의 본능은 아이의 활동반경이 넓어지면서 대담한 행동으로 표출됐다.

식당에서 주위 사람 눈치 보지 않고 큰 목소리로 말하는 것, 화장실 안에서 볼일 보는 과정을 아이가 있는 밖에까지 들리게 중계하는 것, 무릎 나온 바지에 운동화를 구겨 신고 백화점에 가는 것 등등 모두 몰라서 그러는 게 아니다. 나도

함께 피어나 넓은 들판을
채우는 들풀처럼 살기를 바란다

한 때는 우아함 떠는 요조숙녀였다. 하지만 이 험한 세상에서 엄마가 세상의 전부라고 철석같이 믿고 있는 새끼들을 지키려면 내 모습을 신경쓸 겨를이 없다. 이런 상황들이 반복적으로 일어나다 보면 그것은 습관이 되고 결국 일상생활에서도 자연스럽게 묻어나 소위 아줌마가 된다. 고민정 아나운서가 아닌 은산이 은설이 엄마, 14층 사는 아줌마 말이다. 나쁘지 않다. 아줌마가 된다는 것. 아이가 배고프다고 조르면 시식코너를 순회하고, 아이는 유기농을 먹여도 난 제일 싼 걸로 먹고, 맛집에 가면 가족이랑 또 와야지 하는 생각이 저절로 드는 사람….

난 매일 스스로에게 말한다. 세상에 이름 석 자를 세우는 것도 좋지만 '아줌마'처럼 익명의 존재로 살아도 괜찮다고 말이다. 그리고 아이들에게도 똑같이 말한다. 꽃이 아니어도 괜찮다고, 들풀이어도 좋다고 말이다. 들판을 훑고 지나가는 바람을 느낄 줄 알고, 그 바람에 많은 풀들이 함께 눕고 일어섬을 안다면 그 존재가 꼭 빨간 장미여야 할 필요는 없다고 말이다.

그렇다고 아무 목표도 없이, 삶의 가치도 없이 그저 인생을 흘려버리라는 게 아니다. 홀로 고개를 꼿꼿이 세우는 꽃보다 함께 피어나 넓은 들판을 채우는 들풀처럼 살기를 바라는 것이다. 가장 아름다운 꽃이 되기 위해 누군가를 밟고 일어서는 것이 아닌 꿋꿋한 들풀이 되기를 바라는 것이다. 그래야 외롭지 않기 때문이다. 이것이 내가 터득한, 세상을 멋있게 살아가는 방법이다.

누구도 하루 4시간 이상 일하도록
강요받지 않는 세상에서는
인생의 행복과 환희가 충만할 것이다.

-『게으름에 대한 찬양』 중에서, 버트런드 러셀 저, 송은경 역, 사회평론.

햇빛이 투명한 구슬이 되어 하늘에서 또르르 쨍하며 내려오던 날이었다. 아카시아 달콤한 향기는 바람을 타고 와 내게 은은한 향기를 뿌려주었고, 그는 날 뒤에서 따스하게 안아주었다. 가진 것 없는 우리였지만 옥탑 밑으로 펼쳐진 세상이 모두 우리 것인 양 마음만큼은 풍요로웠다.

봄이면 여기저기에서 싹을 틔우는 연둣빛 잎사귀들이 골목 이곳저곳을 채웠고, 때론 꽃향기가, 때론 과일 장수 아저씨의 목소리가 바람을 타고 흘러 다녔다. 여름에는 태양의 이글거림을 온몸으로 받아야 하는 옥탑 방이었기에 우린 창문과 방문을 활짝 열어둔 채 바람 길을 만들어주었다. 세 평 남짓 작은 방이었지만 여름바람은 하늘과 방의 경계를 허물어뜨렸다. 가을에는 뒷산 너머로 채색되는 하늘의 노을을 바라보며 하염없이 시간을 흘려보냈고, 겨울엔 옥탑에 쌓인 눈으로 꼬마 눈사람을 만들며 버스 정류장 앞에서 사온 군고구마를 서로의 입에 넣어주었다. 짧아진 낮의 길이가 속상했지만 밤기운의 차가운 바람이 우리 사이를 지나가지 못하도록 꼭 붙어 있게 만들어주어 그것 또한 좋았다. 그렇게 은평구 신사동에 위치한 그의 옥탑 방은 내게 많은 걸 선물해주었다. 6년이라는 짧지 않은 연애 기간 동안 완벽하게 속은 한 가지를 빼고는.

그의 방은 항상 깔끔했다. 남자 혼자 사는 자취방이라 칙칙하고 퀴퀴한 냄새가 날 거라 짐작했는데 막상 가보니 그의 방은 부모님과 함께 사는 내 방보다도 더 깨끗했다. 좁은 방에서 높은 효율성으로 빽빽이 꽂혀 있던 수많은 책들, 늘 청량한 시원함이 있던 화장실, 이면지조차도 가지런히 놓여 있던 그의 책상. 이 사람하고 결혼하면 적어도 청소는 걱정 없겠다 싶어 흐뭇한 미소를 짓곤 했다.

그런데 이게 다 거짓이었다는 걸 깨달은 건 결혼하고 얼마

사랑의 형식을 살 수는 있지만
사랑의 내용을 살 수는 없다

지나지 않아서였다. 애벌레처럼 벗어놓은 양말, 책상 위를 나뒹구는 각종 종이 쪽지와 책들, 뚜껑도 닫지 않은 채 굴러다니는 플러스 펜까지 내가 알던 자취방은 다른 사람의 방이었나 싶은 마음이 들 정도였다.

"펜 뚜껑 좀 닫고 다녀요. 다 말라버리잖아."

"그거야 당신이 부르니까, 당신한테 가느라 깜빡한 거지."

"아니, 옥탑 방에서는 그렇게 깔끔하게 생활했으면서 왜 지금은 안 그래요?"

"옥탑 방? 아~ 그거야 당신이 손님이었으니까. 난 손님맞이 청소를 했던 것뿐인데. 나 원래 이래. 흐흐흐."

깔끔했던 방은 VVIP인 날 위해 특별히 정리정돈을 했던 것이다. 실제로 지금도 손님이 온다고 하면 몇 시간이고 깔끔하게 청소를 한다. 하지만 평상시에는 모든 물건들이 발이라도 달린 듯 자유롭게 집안 곳곳을 활보하고 다닌다.

도대체 이렇게 정리를 안 하는 이유가 뭔지 오랜 시간 연구 끝에 발견한 것은 바로 그의 게으름이었다. 본인도 인정한 게으름. 화도 내보고 달래보기도 했지만 30년 넘게 몸에 배인 습관은 쉽사리 고쳐지지 않았다. 결국 백기투항한 나는 그의 게으름을 이해하려 노력하기 시작했다.

그렇게 하루하루를 보내던 어느 날, 책장에서 눈에 확 들어오는 책을 발견하게 되었다. 버트런드 러셀의 『게으름에 대한 찬양』.

'게으름에 대한 찬양이라… 왠지 이 책을 읽으면 남편을 조금 이해할 수 있을 것도 같은데?'

> 내가 진심으로 말하고 싶은 것은 '근로'가 미덕이라는 믿음이 현대 사회에 막대한 해를 끼치고 있다는 것이다. 따라서 행복과 번영에 이르는 길은 조직적으로 일을 줄여가는 일이다. (중략) 누구도 하루 4시간 이상 일하도록 강요받지 않는 세상에서는 인생의 행복과 환희가 충만할 것이다. 신경쇠약과 피로와 소화불량증 대신에 말이다. 필요한 일만 함으로써 기력을 소모하는 일 없이 여가를 즐겁게 보낼 수 있을 것이다.

물론 이 글이 말하는 바는 극심한 경쟁 속에서 노동을 강요당하는 현대인들에게 휴식이 필요하다는 것, 그렇게 과도한 노동을 하지 않아도 된다는 것이다. 하지만 꼭 정해진 공식대로 읽으란 법은 없다. 세 살배기 아기가 보는 동화에서 인생의 큰 깨달음을 얻을 수도 있고, 세계적인 명저를 읽고도 별다른 가치를 느끼지 못할 수도 있는 법. 어쨌든 이 책은 철학과 사회 문제에 대한 이해보다 10여 년간 이해하지 못했던 한 남자를 이해하게 해주었다.

그 사람의 하루 일과를 찬찬히 훑어보았다. 당시 둘째 은설이가 돌이 채 안 된 때여서 손이 참 많이 갔다. 그저 먹이고 재우고 놀아주는 일뿐인데도 4시간쯤은 훌쩍 지나간다. 그나마 잠이라도 오래 자면 좋으련만 1시간만 자고 일어나도 아기는 급속충전이라도 한 듯 쌩쌩하다. 그렇게 두 바퀴를 돌면 나랑 첫째가 집에 돌아온다. 그야말로 육아 하나만으로도 커피 한 잔 느긋하게 마실 수 없는 스케줄이다. 그런데 난 거기에 더해 작가니까 글도 써야 되지 않겠느냐, 내가 직장을 나가니 집에 있는 당신이 집 안 청소를 해야 하는 것 아니냐면서 바가지를 긁었으니 이 얼마나 악독한 사장인가. 러셀의 주장을 따른다면 육아를 하는 것만으로도 그에게 주어진 노동 시간은 충분히 다 사용된 셈이다.

'남편 이해하기'에 마침표를 찍을 수 있었던 건 나 역시 글을 쓰게 되면서부터였다. 어느 날인가는 근무를 마치고 첫째 은산이를 어린이집에서 데리고 와 집으로 돌아왔는데 집 안이 엉망진창 그야말로 아수라장이었다. 아침에 우리가 자고 일어난 이불이 그대로 널려 있음은 물론이고 둘째 은설이의 오줌 싼 기저귀, 점심 때 먹은 이유식 그릇까지 하루 동안 남편의 일과가 어떻게 진행되었는지 훤히 알 수 있을 만큼 생활의 흔적이 여기저기 널브러져 있었다. 부엌도 만만치 않았다. 싱크대에는 설거지할 그릇들이 산더미처럼 쌓여 있었고, 식탁 위엔 김칫국물이 말라붙어 선명한 자국을 남기고 있었다. 아침에 돌려놓고 간 빨래는 저녁이 다 되었는데도 아직도 세탁기 안에 그대로 있었다. 아마 예전 같았으면 한바탕 독설을 퍼부어야 할 시점이었다. 그런데 그날 난 그저 피식 웃고 말았다. 식탁 위에 놓인 노트북 화면에서 까만 글씨와 함께 커서가 깜빡깜빡 하는 게 눈에 들어왔기 때문이다.

이제는 안다. 한 줄의 글을 쓰기 위해선 얼마나 많은 시간이 필요한지. 멍하니 있는 시간이 얼마나 필수불가결한지 말이다. 내가 쓰는 글이라고 해봐야 시, 소설 같은 창작물도 아닌 그저 나에게 일어났던 일들을 복기해가며 쓰는 에세이인데도 하얀 도화지 같은 여백이 마음속에 있지 않으면 글이 잘 써지지도 않고, 썼다 하더라도 결국엔 지워버리게 되고 만다. 그런데 언어의 정수인 시를 쓰는 일은 오죽할까.

좋은 문장, 좋은 글은 노트북을 켜자마자 쏟아지지 않았다. 한참 동안 커피를 마시며 노트북을 뚫어져라 쳐다보다가, 또 한참은 창밖을 보며 어제의 일을 생각하다가, 또 한참은

이제는 안다

한 줄의 글을 쓰기 위해

얼마나 많은 시간이 필요한지

방바닥을 뒹굴뒹굴해야 그때부터 불현듯 쓸 얘기가 떠올랐다. 사람마다 다르겠지만 나나 남편은 예열 시간이 꽤나 걸리는 유형이다. 그렇게 해서 예열이 끝나면 그때부터는 글이 술술 실타래처럼 풀려 나온다.

물론 한 번의 깨달음으로 남편을 무한 이해하게 된 것은 아니다. 지금도 여전히 게으른 남편에게 바가지를 긁고 있고, 정리 좀 하고 살자면서 지청구를 늘어놓는다. 머리로는 다 알면서도 입으론 그런 잔소리가 줄줄 새어 나오는 나도 어쩔 수 없는 그냥 마누라다. 남편 역시 아들에게 장난감 정리하라고 야단치는 걸 보면 깨끗한 걸 싫어하는 건 아닌 것 같지만, 어쨌든 여전히 집 전체를 아수라장으로 만들어놓고도 헤벌쭉 웃으며 마누라를 쳐다보는 천생 시인이다.

이렇게 지지고 볶는 우리 모습을 지켜보던 은산이가 인상을 팍 쓰며 말한다.

"이제 정리해야지!"

사랑도 명예도 이름도 남김없이
한평생 나가자던 뜨거운 맹세

-〈임을 위한 행진곡〉 중에서, 백기완 작사, 황석영 개사.

내게 빛고을 광주는 장엄한 곳이다. 누군가에게는 한우와 각종 남도 음식이 눈길을 사로잡는 맛의 고장일 테고, 또 누군가에게는 경기도 광주가 아닌 남도 쪽에 있는 도시일 테다. 하지만 나에게 광주 하면 가장 먼저 생각나는 건 1980년 5월의 광주였고 갈 때마다 가장 먼저 가야겠다고 마음먹게 되는 곳 또한 망월동 묘역이다.

사랑도 명예도 이름도 남김없이
한평생 나가자던 뜨거운 맹세

동지는 간데없고 깃발만 나부껴
새날이 올 때까지 흔들리지 말자

세월은 흘러가도 산천은 안다
깨어나서 외치는 뜨거운 함성
앞서서 나가니 산자여 따르라

이미 광주민주화운동 하면 가장 먼저 떠오르는 노래가 된 〈임을 위한 행진곡〉. 광주를 생각하면 늘 이 노래가 떠오르며 저절로 숙연해진다. 매년 정치 철이 되면 문턱이 닳도록 사람들이 오가는 곳이 광주에 있는 국립518민주묘지이다. 난 정치인도 아니고 정치에 대단히 조예가 깊은 것도 아닌데 왜 이곳을 찾는 걸까? 스스로에게 물어봤지만 논리적인 답이 나오진 않았다. 그저 가슴이 시키는 일이었으니까. 광주 하면 5.18과 무등산 그리고 그 분들이 잠들어 계신 민주묘역이 연쇄반응을 일으키듯 생각났고 내 발길은 저절로 그곳으로 향했다.

난 여행을 참 좋아한다. 집 밖을 나서는 걸 싫어하는 남편이 최대의 난관이긴 하지만 주기적으로 콧바람을 쐬어주지 않으면 조울증이 찾아오는 마누라를 뒀으니 어쩌랴. 서로의 정신건강을 위해서라도 따라나서주는 남편이다. 한 남자와 15년을 만났기에 국내의 웬만한 곳은 다 다녀봤고 그래서 이번엔 그저 맛 기행을 하자며 떠난 여행이었다. 마음 같아선 해산물이 풍부한 목포와 여수까지 다녀오고 싶었지만 당시 두 살짜리 아들 녀석과 배가 볼록 나온 나의 몸 상태로는 무리였다. 그래서 향한 곳이 광주와 전주. 그중 먼저 도착한 곳은 광주. 우리 부부는 누가 먼저랄 것도 없이 광주 민주묘역을 첫번째 여행코스로 넣었다.

"구묘역부터 갈 거지?"

아리송한 풍경이기도 하지만 어쨌든 현재 광주에는 구묘역, 신묘역 이렇게 두 군데로 민주묘역이 나뉘어 있다. 멋지게 단장된 국립518민주묘지인 신묘역에 묻히지 못했거나, 스스로 거부해 망월동 구묘역에 남아 있는 분들이 상당히 많이 계시다. 이후 광주에서 돌아가신 분이 아니더라도 다른 종류의 민주화운동으로 목숨을 잃은 분들의 운구는 이곳 망월동 구묘역으로 모였고 지금은 민주화의 성지로 여겨지고 있다.

"신묘역은 매년 유명한 분들도 많이 왔다 가고 슬퍼해주는 사람들도 많으니 우린 구묘역으로 가요."

닮은 사람끼리 만난 건지, 살면서 닮아진 건지 생각도 비슷한 우리다.

아무것도 입지 않은
바람이 울었다

높고 푸른 가을 하늘은 아니었지만 청명한 공기는 가슴을 상쾌하게 해주었다. 그리고 많이 춥지도 그렇다고 많이 덥지도 않은 적당한 기온은 우리의 가을 여행을 반겨주고 있었다. 낯익은 이름의 묘비가 보였고 이곳저곳에 놓인 화사한 꽃들은 흑백의 영정사진을 쓸쓸하지 않게 해주었다.

"은산이랑 여기 한번 서봐. 사진 찍어줄게."

어느 곳을 가든 남는 건 사진뿐이라며 자연스레 셔터를 누르고 망설임 없이 포즈를 취하던 나였는데 어찌된 일인지 이번만큼은 절대 사진으로 기록되고 싶지 않았다. 그것도 은산이와 함께 찍는 건 더더욱 싫었다.

"난 안 찍을래요. 난 찍지 마."

자식이란 존재를 세상에 내어놓기 전과 후 극명하게 달라진 나를 본 날이었다. 논리적으로 바로 설명되지 않는 그 거부감은 마음이 먼저 반응했고, 내 행동은 같은 극끼리 밀어내는 자석이 되어 튕겨져 나갔다.

누군가의 어미가 되기 전 망월동 묘역은 세상사에 쉽게 흔들리지 않게 잡아주던 곳이었고, 〈임을 위한 행진곡〉의 장엄한 분위기처럼 숙연함을 가득 불어넣어주던 곳이었다. 이곳에 묻힌 분들의 죽음이 헛되지 않도록, 세상이 거꾸로 흘러가지 않도록 작으나마 내 힘을 보태겠다고 다짐을 하게 해준 곳이 바로 이곳이었다. 그런데 그날 내 마음은 기존의 나의 이런 생각들을 자꾸만 밀어냈다.

"나 마음이 이상해. 먼 훗날 은산이가 이곳에서 한 곳을 차지하면 어떡하나 하는 생각…. 나중에 다시 이곳에 와 오늘을 가슴 아프게 회상할 것만 같아서…."

입에 담고 싶지도 않은 몹쓸 상상이 거대한 해일이 되어 밀려왔다. 온 힘을 다해 막아보려 했지만 그 해일은 하얀 파도로 부서지며 내 온몸을 적시기만 했다. 허우적대면 댈수록 더 깊은 곳으로 끌고 들어가는 폭풍우 치는 날의 검은 바다처럼 내 마음은 끝을 모르게 가라앉았다. 경건함, 숙연함, 엄숙함 그 어떤 단어도 내 안에서 휘몰아치는 슬픔을 덮지 못했다.

'이 분들의 어머니는 얼마나 괴로웠을까. 얼마나 슬펐을까. 꽃 같은 자식들이 자신보다 먼저 세상을 떠나는 모습을 보며, 악다구니 같은 검은 손길이 자신보다 더 소중한 자식들의 멱살을 쥐고 있는 걸 보며 얼마나 분노했을까. 처음엔 내 아이를 그렇게 만든 세상은 물론이고 동지라는 이름으로 함께 한 사람들 또한 밉지 않았을까.'

그전엔 세상의 폭력 앞에 스러진 이 분들의 영정사진을 보며 세상에 대한 울분으로 가슴을 적셨다면 그날 난 온전히 어미의 마음으로 까슬까슬한 망월동 잔디밭 위에 서 있었다.

병상에 누운 자식을 보며 대신 아팠으면 좋겠다고 밤낮으로 기도하시는 어머니, 부모보다 먼저 세상을 떠난 자식을 가리켜 가장 큰 불효를 했다고 말하는 사람들, 자식의 죄를 대신 덮어쓰며 감옥으로 향하는 어머니를 그린 영화. 머리로만 이해했던 이 모든 것들이 한지가 물을 흡수하듯 저절로 내 일부가 되어갔다.

나의 어머니는 내가 당신의 의견에 반기를 들 때에도 너도 엄마가 되면 다 알게 될 거라고 말씀하지 않으셨다. 굳이 당신의 입으로 말하지 않아도 한 아이의 어머니가 되면 다 알게 될 걸 미리 아시기라도 한 것처럼 말이다. 딸들이 으레 한 번쯤은 내뱉는 '난 엄마처럼 살지 않을 거야'라는 말이 얼마나 가벼운 언행인지, 언젠가는 크게 후회하게 될 말인지 엄마가 된 후에서야 알게 되었다. 자식이 감기에만 걸려도 몸에 좋다는 음식은 다 찾아 만들어주면서 정작 당신의 병은 별것 아니라며 숨기는 분, 귀한 식재료가 생기면 당신의 입이 아닌 자식의 입으로 먼저 넣어주는 분, 그 누구보다 자식의 기쁨에 더욱 기뻐하고 자식의 슬픔에 더 가슴 아파하는 분. 그 분은 바로 우리의 어머니이다.

한 어머니의 자식으로 태어난 나는 죽을 때까지 그 분을 앞

서가지 못할 것이다. 더 많은 지식과 더 많은 명예가 내게 있다 한들 피와 살과 눈물로 그려진 그 분의 세월은 당해낼 수가 없을 테니 말이다.

*이 글을 썼을 때가 2013년 가을이었다.
그로부터 반 년 뒤 일어난 세월호 사고. 우리에게 생겨난 또 하나의 묘역.
유가족들이 부르던 〈네버엔딩 스토리〉가 귓가에 맴돈다.

PART 2

존재의 이유,
삽시간의 황홀

크로노스가 자식을 삼킨다는 것은,
세월은 이 땅에 태어나는 모든 것을 삼켜버린다는
잔혹한 자연의 진리를 상징한다.

-『이윤기의 그리스 로마 신화1』 중에서, 이윤기 저, 웅진지식하우스.

"나 애기 안 낳으면 안 될까? 그냥 우리 둘이 살아도 너무 재미있을 것 같은데……."

막 결혼했을 때 남편에게 한 말이었다. 그저 둘이 있는 게 좋았다. 의무감으로 결혼한 게 아니듯, 의무감으로 아기를 낳고 싶지 않았다. 나이 많은 남편이라 빨리 아이를 갖자고 재촉했을 거라고 사람들은 생각한다. 하지만 그는 달랐다. 아이는 여자의 마음이 준비됐을 때 가져야 한다고 했다. 열 달의 임신 기간과 출산 후의 엄마 역할은 남자가 대신할 수 없으니 당연한 거라고 했다. 그렇게 그는 마흔이 넘은 나이에도 내 마음이 준비될 때까지 기다리고 또 기다려줬다.

그렇게 해서 결혼 6년 만에 첫 아이를 낳았다. 모든 게 처음이었던 난 늘 서툴렀고 힘들었다. 다시는 아이를 낳지 않겠다고 공공연하게 말했고 남편 또한 무조건 내 의견에 동의해줬다. 하지만 아이의 나이가 만 한 살이 지나자 귀여움은 절정에 달했고, 고통스러웠던 순간들은 점점 내 머릿속에서 지워져갔다. 결국 첫째 은산이가 17개월쯤 됐을 때 둘째를 임신했다.

이 모든 과정에서 외압은 전혀 없었다. 순전히 백퍼센트 자가발전. 처음부터 남편은 아이 둘을 낳아 '4'라는 왠지 모를 안정감 있는 가족을 꿈꿨다. 처음엔 아내인 내가 아이를 안 낳겠다고 해서 당혹스럽기는 했지만 어쨌든 아이는 여자가 낳는 일이므로 전적으로 내 의견에 동조하기로 했단다. 그런데 이게 웬 떡? 혼자 알아서 발전기를 돌리더니 아이를 낳겠다고 했고, 둘째는 절대 낳지 않겠다고 완강하게 거부하길래 단념하고 있었는데 어느 날 둘째도 갖고 싶다고 말했단다. 결국 그 사람은 한마디의 강요도 없이 모든 걸 이뤄낸 셈이다. 이렇게 어마어마한 일이 그의 뜻대로 될 수 있었던 건 무엇이든 오래 기억하지 못하는 나의 기억력이 큰 역할을 했다.

학교 다닐 땐 아무리 외워도 돌아서면 잊어버려서 머리를 쥐어뜯었는데 결국은 그 망각능력이 내게 소중한 가족을 만들어준 셈이다.

망각, 이것은 뇌의 영역이기도 하지만 시간의 속성이기도 하다.

크로노스는 왜 낫을 가지고 다녔던 것일까? 크로노스는 왜 아내가 낳는 족족 자식을 삼켜버렸던 것일까? 크로노스는 '시간', 즉 세월이라는 뜻이다. 크로노스의 모습이 종종 모래시계와 함께 그려지는 것은 바로 이 때문이다. (중략) 크로노스가 자식을 삼킨다는 것은, 세월은 이 땅에 태어나는 모든 것을 삼켜버린다는 잔혹한 자연의 진리를 상징한다. 크로노스가 큰 낫을 들고 다니는 것도 마찬가지다. 크로노스는 시작이 있는 모든 것을 끝나게 한다. 크로노스가 들고 다니는 거대한 낫은 크로노스가 지닌, 시작이 있는 모든 것을 끝나게 하는 자연의 법칙을 상징한다.

그리스 신화에서 시간을 상징하는 신, 크로노스. 『이윤기의 그리스 로마 신화 1』에 나온 저 대목처럼 시간은 생명을 지닌 모든 것들을 태어나게 하지만 세월이 흐르면 그것들을 모두

죽게 한다. 아기는 노인이 되어 젊음을 잃게 되고, 팽팽했던 피부는 아무리 약물의 도움을 받는다 한들 원상태를 유지할 수 없다. 슬픈 일이든, 기쁜 일이든, 이 또한 지나가게 한다. 가방을 메고 학교와 독서실을 오가던 난 마이크를 잡는 사람이 되었고, 볼록 나온 배를 붙잡고 뒤뚱뒤뚱 걸었던 게 바로 어제 일 같은데 배 속에 있던 녀석이 태어나 한 명은 밤늦게 다니지 말라며 잔소리를 하고, 또 한 명은 풀이 죽어 있는 날 토닥여준다. 그 사람을 보면 아직도 서른한 살 학교 선배로만 보이는데 같이 산 것만도 벌써 12년이나 됐다. 이처럼 시간은 나와 세상을 변하게 했고 내 기억들도 무척 빠른 속도로 지워졌다. 하지만 크로노스가 자식들을 토해내듯 희미해진 기억들을 하나하나 꺼내본다.

2011년 12월 2일. 진통이 와야 할 날인데 아무 느낌이 없었다. 책에선 생리통처럼 아랫배가 싸하게 아파오면서 식은땀이 줄줄 흐르며 도저히 참을 수 없을 지경이 됐을 때 병원으로 가라고 하는데 전혀 아프지 않았다. 병원에 가서 물어보니 최대 5일까지 기다려보고 그래도 진통이 없으면 유도분만을 해야 한단다. 12월 6일. 오늘까지도 아프지 않으면 내일은 무조건 병원에 가서 유도주사를 맞고 분만을 해야 하기에 마지막

외출이란 생각에 남편과 케이크를 먹으러 나섰다.

"나 너무 우울해. 왜 진통이 없는 거야? 무슨 문제 있는 건 아니겠지?"

둘째를 임신했을 땐 분만실에 누워서도 창밖으로 눈이 내리는 걸 볼 만큼 여유가 있었지만 첫째 땐 왜 나만 다른가란 생각에 침울했다. 그리고 12월 7일 해가 밝아오면서 난 분만실로 들어갔다. 유도주사를 맞으면 폭풍처럼 진통이 몰려오면서 하늘이 노래진다길래 잔뜩 긴장했다. 그런데 3시간이 지나도 생리통 정도의 통증만 있을 뿐 고통이랄 것도 없어 병원 복도를 어슬렁거리기까지 했다.

"뭐야, 이 정도 갖고 그렇게 난리들을 쳤던 거야? 애 낳을 만한데?"

나의 이런 건방진 말을 듣자마자 출산의 신, 헤라가 눈썹을 치켜들며 나를 째려봤다. 헤라의 노여움을 산 것인지 4시간째 접어들면서 진통이 시작되는데 숨을 제대로 쉴 수가 없었다. 난 오만상을 쓰며 호흡을 놓치지 않으려 노력했고 남편이고 뭐고 모든 것이 거추장스러웠다. 워낙 겁이 많은 나인지라 분만 전에 이미 무통분만을 신청해놓았다. 아기에게 안 좋을 수 있다 하여 무통분만을 하지 않는 엄마들도 많지만 난 의학이 발달한 만큼 그걸 이용해야 한다는 신념으로 내 고통을 줄일 수 있는 모든 방법을 동원했다. 무통주사를 맞으면 노랗게 변했던 하늘이 평화롭게 돌아온다고 해서 그것만 믿고 있었는데 간호사들은 아직 아니라며 계속 참으라고만 말했다. 그리고 의료진이 들어올 때마다 내진을 하는데 발로 뻥 차버리고 싶을 만큼 너무 아팠다. 신음이 절로 흘러나왔고 눈물이 새어나왔다. 임신한 열 달 내내 이곳저곳 하루도 안 아픈 날이 없더니 이렇게 정점을 찍는구나 싶었다. 드디어 무통주사를 맞아도 되는 시점이 찾아왔고 주사를 맞자 욕이 튀어나오기 일보 직전에 통증이 잦아들었다. 아무런 의학적 도움 없이 백퍼센트 자연분만을 한 모든 어머니들께 진심으로 경의를 표하는 바이다.

그렇게 은산이는 세상 밖으로 나왔고 난 진짜 엄마가 됐다. 나의 피와 살을 나눈, 나와 한 몸이었던 녀석이 태어난 것이다. 무거운 배 때문에 하루도 편하게 잠들지 못했던 나는 열 달 만에 처음으로 똑바로 누워 잘 수 있었다. 그런데 이런 평화도 고작 며칠뿐이었다. 산통만큼이나 무섭다는 젖몸살이 시작됐다. 아기의 양식인 젖은 몸 안에서 계속 만들어지는데 유선이 뚫리지 않아 밖으로 나오지 못하고 있었다. 내 가슴은 한정되어 있고 젖은 계속 만들어지고 숨구멍을 찾지 못한 젖줄은 결국 엄청난 통증을 유발했다. 돌덩어리처럼 단단해진 가슴은 매일 밤 날 눈물로 지새우게 했다. 남편은 통증을 조금이나마 가라앉혀준다는 양배추를 사다 날랐고 나의 온갖 짜증을 받아주는 걸로 고통을 나눴다. 남편이 틈틈이 마사지를 해줘야 뭉친 가슴이 빨리 풀린다는데 남편은 살짝만 건드려도 터질 것 같은 가슴을 무서운 눈으로 쳐다만 볼 뿐 건드리지도 못했다.

"빨리 어떻게 좀 해봐. 너무 아파."

"그냥 양배추만 붙이면 안 돼? 터져버릴 것 같아 못 건드리겠어."

원래부터 저렇게 신약했나, 마누라가 다 죽어가는데 저렇게 벌벌 떨다니, 왜 여자만 이런 고통을 겪어야 하나 짜증과 분노가 머릿속에 가득했다. 엄마 배 속에 있느라 쪼글쪼글해진 피부, 하루가 다르게 살이 차올라 매일 변하는 아기의 얼굴을 평화롭게 지켜볼 수 있을 줄 알았는데 그러기엔 내 몸의 고통이 너무 심했다. 밤이 되면 통증뿐 아니라 열까지 나서 산통을 겪을 때처럼 신음이 절로 나왔다. 낮에는 전문가에게 마사지를 받으니 참을 만했지만 저녁 때 다시 젖이 꽉 차오르면서 열과 통증으로 온밤을 지새워야 했다. 젖을 인위적으로 빼주는 유축기를 가슴에 대고 눈시울을 붉혔던 게 하루 이틀이 아니었다.

신체 구멍들은

인간의 고통을 분출시키기 위해

만들어진 것이 아닐까?

어디 그것뿐인가. 임신한 열 달 내내 온몸 구석구석이 다 아팠다. 임신한 사실을 안 그 순간에는 몸살기운처럼 오한이 와 으슬으슬 떨리더니 이내 입덧이 찾아왔다. 밥 냄새와 마늘 냄새가 그렇게 역겨울 수가 없었다. 속은 느끼한데 김치는 마늘 때문에 먹을 수가 없고 남편한테 기대어 자고 싶었지만 한국인에게 배어 있는 마늘 냄새 때문인지 그조차도 속이 뒤집혔다. 심지어 그 입덧은 아침 생방송 도중 남편을 방송국까지 뛰어오게 만들었다.

아침 일곱시에 시작하는 방송을 맡아서 새벽 네시부터 준비를 하고 출근하던 때였다. 여느 날과 마찬가지로 입덧으로 녹초가 된 몸을 겨우 이끌고 회사에 나왔는데 메이크업을 받는 내내 속이 울렁거리더니 점점 식은땀이 흐르기 시작했다. 심한 멀미 증세처럼 어지럼증이 찾아오더니 방송 들어가기 30분 전 다리에 힘이 풀려 그 자리에 주저앉고 말았다. 얼굴은 점점 새하얗게 변해가고 제작진은 곧 시작해야 할 방송 때문에 초긴장 상태였다. 담당 PD는 무리할 필요 없다면서 방송에 들어가지 않아도 된다고 했지만 쓰러져도 스튜디오에서 쓰러져야 한다는 생각을 가지고 있던 난 만류를 뿌리치고 카메라 앞에 앉았다. 시곗바늘이 정각을 가리키며 카메라에 불이 들어왔다. 온 힘을 다해 방송에 집중하면서 웃음을 잃지 않으려 했다. 하지만 마치 경련처럼 떨리는 손발은 어찌할 수가 없었다. 다행히 함께 진행했던 남자 아나운서가 상황을 대처해주면서 생방송을 이끌어갔다. 그 사이 남편은 제작진의 전화를 받고 카메라 뒤편에서 기다리고 있었다. 카메라 감독, 기술 감독, PD, FD, 작가, 리포터까지 그렇게 많은 이들의 걱정스런 눈빛을 한 번에 집중적으로 받았던 건 그때가 처음이자 마지막이었다.

이후 배가 점점 불러오면서 입덧은 가라앉았지만 무거워지는 배 때문에 바로 누워 잘 수가 없었다. 차라리 걸어다니는 게 오히려 쉰다는 느낌이 들 만큼 잠 자는 것조차 힘들었다. 배 밑에 베개를 깔고 다리 사이엔 쿠션을 끼고 남편한테 한 팔을 걸쳤지만 편안히 잠들지 못했다. 매일 2시간마다 불편함에 깼고 차라리 빨리 동이 텄으면 좋겠다고, 이 밤이 제발 빨리 지나갔으면 좋겠다고 기도했다. 남들은 아기가 배 속에 있을 때 제일 편하다고 하던데 난 지금 뒤돌아봐도 임신 기간이 가장 힘들었다.

은산이를 낳은 이후 관절마다 아프지 않은 곳이 없어 아기를 바닥에서 들어올리는 것조차 고통스러웠고, 밤낮 구분 없이 2시간에 한 번씩 젖을 주느라 잠 고문을 당했고, 머리카락이 한 줌씩 쑥쑥 빠지는 걸 보면서 다시는 아기를 낳지 않으리라 다짐했다. 남편도 나의 고통을 생생하게 지켜보면서 둘째에 대한 얘기는 차마 꺼내지도 않았다. 그런데 이게 웬일. 고작 2년도 채 되지 않아 내가 먼저 나서서 둘째를 갖고 싶다고 남편에게 고백한 것이다.

독일 철학자 니체는 말했다. 망각은 신이 인간에게 준 최고의 선물이라고.

'망각'이라는 선물을 우리 인간이 받지 않았다면 어땠을까. 둘 이상의 자녀를 둔 사람은 없을 것이며, 오뚝이처럼 실패하고서 다시 일어서는 이들도 없을 것이다. 즐거운 기억보다 힘든 기억을 더 강하게 인지하는 인간의 속성상 고통의 기억 속에서 허우적거리며 삶을 겨우겨우 살아갔을 테다.

식물을 도와주는 길은 아주 분명하다.
식물도 본성에 맞게 환경을 만들어주는 것뿐이다.
나머지는 식물이 알아서 한다.

-『소박한 정원』 중에서, 오경아 저, 디자인하우스.

"장미꽃 스무 송이로 만들었어."

스물한 살 성년을 기념한다는 4월의 어느 날 남편은 내게 장미로 만든 화관을 머리에 씌워주며 사랑한다 말했다. 난 장미꽃만큼이나 얼굴을 붉힌 채 그의 사랑에 수줍은 끄덕임으로 화답했다. 그후 생일이 되었을 땐 커다란 꽃바구니를 선물하기도 했고, 내가 회사에 입사한 후엔 가끔 '영원한 사랑'을 뜻하는 파스텔 톤의 리시안셔스 꽃다발을 보내기도 했다. 받을 때마다 기분이 참 좋았다. 결혼 전에는 보내온 꽃이 말라 비틀어져 가루로 부서질 때까지 내 방 벽에 걸어놓곤 했다. 그런데 시간의 신 크로노스가 내 소녀 감성까지 다 잡아먹어버린 건지 나이가 들수록 내게 꽃은 그냥 꽃이 아니었다.

“여기 있는 꽃 가져가도 된대. 어차피 결혼식 끝나면 버려진다잖아. 밖에 가면 꽃 가져가라고 종이 포장지도 놔뒀던데?”

“난 됐어. 집에 가져가봤자 쓰레기밖에 안 되는데 뭐.”

장미꽃에 수줍어하며 꽃향기를 폴폴 풍길 것 같았던 여린 소녀는 어디로 가고, 바싹 메마른 사막이 내 안에 자리 잡고 있었다. 처음엔 내 입에서 나온 대답에 나도 놀랐다. 하지만 처음 입 밖으로 꺼내기가 어려웠지 두 번 세 번 횟수를 거듭할수록 말은 곧 내가 되어갔다.

“연애할 때나 좋지 살림하는 내 집에선 거추장스럽기만 해. 며칠 되지도 않아 시들고, 그것도 곱게 시들어? 여기저기 꽃가루며, 나뭇잎 부스러기들이 안 그래도 지저분한 집을 얼마나 더 어수선하게 하는데. 거기서 끝나면 좋게? 버릴 때도 처치 곤란이야. 쓰레기봉투에 한 번에 들어가지도 않잖아. 결국 오랫동안 물에 꽂아두느라 미끌미끌해진 줄기를 잡고 일일이 잘라서 버려야 하니 이런 수고로움이 또 어딨겠어? 난 줘도 안 가져.”

나 스스로가 꽃이라며 어처구니없는 말을 내뱉던 난 결혼 후 집에 꽃을 들인 적이 거의 없었다. 간혹 남편이 선물이라

꽃을 담는 것은 바구니가 아니라 마음

고 줘도 저런 심드렁한 반응을 보였으니 내 안의 수줍음 많은 소녀는 감옥에 갇힌 신세나 마찬가지였다.

그러던 어느 날, 그 날도 결혼식이 끝나고 서로들 꽃을 싸고 있는데 나만 멀찌감치 떨어져 그 광경을 지켜보고만 있었다. 친구는 내게 꽃을 내밀었고 난 항상 그랬듯 손사래를 치며 거절했다. 그런데 이상했다. 가슴이 먹먹해지고 심지어는 슬픔이 복받쳐올랐다. 난 얼른 차에 올라탔다. 그러고는 한참 동안 멍한 기분으로 운전대를 잡고선 꼼짝도 하지 않았다. 눈가에 차오르던 눈물이 주르륵 뺨을 타고 흘렀다. 보이지 않아 더 무서운 성난 밤바다 앞에 위태롭게 홀로 서 있는 것 같았다. 내 안의 소녀가 어두운 독방에 갇혀 고개를 무릎 사이에 파묻은 채 흐느끼고 있는 것 같았다. 소녀는 숨조차 쉬기 힘든 그곳에서 매일 소리쳤지만 그녀의 가녀린 음성은 두터운 벽을 넘어서지 못했고, 심지어 난 매일매일 그 벽을 더욱 두껍게 만들고 있었다. 하지만 그날 난 소녀의 존재를 인지했고 얼마 지나지 않아 내 마음은 꽃들이 툭! 툭! 하는 소리와 함께 터지기 시작했다.

당장 난 꽃집에 들러 꽃을 한 아름 샀고 가장 잘 보이는 곳에 꽂아두었다. 길 가다 꽃집만 보면 발길이 절로 멈춰졌고,

식탁 위엔 싱그러운 꽃이 늘 함께 했다. 물론 일주일이면 시들어버릴 꽃을 몇만 원씩 주고 사다놓는 게 아깝다는 생각도 들었다. 하지만 맹물에 콩물 우려 놓은 커피도 매일 몇천 원씩 주고 마시면서 온 가족이 즐거워하고 집안 분위기를 화사하게 해주는 꽃을 아까워하면 안 되겠다 싶었다. 차라리 커피를 끊고 꽃을 가까이 하는 게 더 낫다는 생각이 들었다.

하지만 마치 누군가가 날 시험하기라도 하는 듯 또 다른 고민이 자리했다. 더 오랫동안 식물을 보고 동시에 식물에게도 덜 야만적인 사람이 되고자 꺾인 꽃 대신 화분을 가져다두었다. 하지만 이게 어찌된 일인지, 우리 집에만 오면 이 녀석들이 시름시름 앓고 생명을 다해버리는 것이다. 날짜도 체크해가며 물을 줬고, 빛이 부족한가 싶어 수시로 베란다에서 광합성도 시켜줬다. 식물도 말을 시켜주고 관심을 보여줘야 잘 큰다는 말은 또 어디에서 들어서 나름 스킨십도 해주었건만 한철 꽃피우고 지면 그걸로 끝이었다. 참 내 마음대로 되지 않는다.

식물을 도와주는 길은 아주 분명하다. 식물도 본성에 맞게 환경을 만들어주는 것뿐이다. 나머지는 식물이 알아서 한다.

가든 디자이너라는 꿈을 위해 당시 영국에서 공부를 하고 있던 저자, 오경아는『소박한 정원』에서 식물들의 이야기를 편안히 읊조리듯 소개하고 있다. 미사여구 없이도 식물들의 이야기는 그 자체로 향기가 났고, 우리가 살고 있는 인생이라는 패턴도 식물들과 다르지 않았다. 난 이 글을 보며 내가 가꾸었던 화분 그리고 나에게 가장 소중한 은산이, 은설이 두 아이를 떠올렸다. 내 마음대로 되지 않는 두 존재, 어느 순간부터 서서히 내 온 마음을 차지한 두 존재, 본성에 맞게 환경을 만들어주면 알아서 크는 두 존재.

원래 난 아이들을 그다지 좋아하지 않았다. 눈높이를 맞춰 놀아주는 것도 흥미 없었고, 천방지축 날뛰는 아이들을 보면 기가 질렸다. 아이에게 평생을 끌려다니느니 그저 남편과 둘이서 경쾌하게 살고 싶었다. 하지만 꽃이 느닷없이 내 마음속 문을 두드린 것처럼 아이란 존재도 어느 날 문득 내 마음을 두드렸다. 순간이었다. 까맣던 밤하늘에 별똥별이 나타났다 사라지는 것처럼 아주 잠깐의 빛이었다. 순간 질끈 눈을 감아버렸다면 놓쳤을, 그 순간의 빛을 보고도 무시했다면 영영 만나지 못할 찰나의 그 무엇이었다.

그렇게 아이란 존재를 내 마음에 들여놓은 이후 임신을 결정했고, 아이를 낳은 후에도 최선을 다했다. 마치 꽃을 대하

저마다의 숨결로

꽃을 틔우는 아이들

듯 말이다. 내가 알고 있는 지식을 총동원하여 보살폈고, 내 맘대로 잘 되지 않을 땐 뭐가 문제였을까 골머리를 싸매기도 했다. 때로는 많은 엄마들이 그렇듯 자책도 했다. 아이들이 그 흔한 감기에만 걸려도, 또래보다 평균키가 조금 작기만 해도 모든 게 다 내 탓인 것만 같았다. 거기에 친정엄마가 무심코 던진 말은 가슴에 비수가 되어 꽂혔다.

"공부 그만해라. 애들 키우는 게 제일 중요하지, 그게 뭐가 중요하다고."

당시 직장을 다니며 대학원 공부까지 병행하던 난 친정엄마에게 이기적인 엄마로 보였던 것이다. 안 그래도 육체적으로 힘들어 다 포기하고 싶은 마음이었는데 이런 말까지 들으니 세상에 둘도 없는 못난 엄마가 된 것 같았다. 다른 아이들은 엄마가 매일 다양한 간식도 준비해준다는데 둘째는 이것저것 섞어 푹푹 끓인 이유식을 먹었고, 첫째는 생두부나 도토리묵을 간장에 찍어 먹었다. 요리할 시간을 줄이고자 선택한 음식들이 아이의 입맛을 길들인 것이다. 반찬투정을 안 해 고맙기도 하지만 내가 그렇게 만든 것 같아 왠지 마음이 짠했다. 아침에 출근해 집에 돌아오면 밤 열한시가 되기 일쑤였고, 잠자고 있는 아이들을 볼 때면 살뜰히 보살펴주지 못한 것 같아 미안함만 커져갔다. 이런 내게 남편이 말했다.

"완벽한 엄마가 되려고 노력하지 마. 좋은 엄마가 되면 되잖아. 고민한다고 해서 당신이 하고 있는 것들을 포기할 수 있겠어? 당연히 그래서도 안 되지만 내가 보기엔 오히려 당신의 그런 모습이 아이들에겐 롤모델이 될 거야. 완벽할 순 없지만 최선을 다하는 모습, 여자로서 세상에 당당히 서 있는 모습, 고민과 좌절 속에서도 늘 앞으로 나아가려는 모습. 아이들에겐 최적의 환경 아니겠어? 원래 꽃들도 적당히 목마르게 해야 더 쑥쑥 자라는 법이야. 열 시간을 늘어지게 같이 있으면 뭐 해. 한 시간이라도 사랑을 듬뿍 쏟아주면 되지. 그리고 애들 옆엔 항상 내가 있잖아."

참 고마운 사람이다. 이렇게 방향을 잃을 때면 등대처럼 작은 불빛을 반짝여준다.

세상은 은근히 슈퍼맘, 슈퍼대디를 요구한다. 바깥일도 잘하고 집안일도 잘하고, 동료들과도 잘 어울리고, 아이들과도 잘 놀아주는 부모 말이다. 하지만 아이들에게 가장 필요한 존재가 뭐든 척척 해결해주는 슈퍼맨일까? 우리 모두는 완벽한 존재일 수도 없지만, 설령 그렇다 해도 아이들이 부모 뜻대로 자라주지는 않는다. 온갖 정성을 기울여도 죽어버리는 식물처럼 말이다.

누구나 경험해봤을 테지만 식물은 쉽게 잘 자라주지 않는다. 환경이 아닌 식물 자체에만 초점을 맞출수록 그 식물은 조금만 환경이 바뀌어도 금세 죽고 만다. 식물이 알아서 클 여지를 주지 않았으니 당연한 결과다. 아이도 크게 다르지 않을 것이다. 경제적으로 풍족한 부모 밑에서 결핍 없이 자란 아이들은 어릴 땐 잘할지 몰라도 부모 곁을 떠나는 성인이 돼서는 쉽게 좌절하고 포기하는 걸 종종 볼 수 있다. 부모의 풍요로움이 아이를 독립하지 못하게 하고, 결핍을 경험해보지 못한 아이들은 다시 일어서는 법을 알지 못한다. 어찌 보면 부모의 부족함이 아이에겐 축복이 될 수도 있지 않을까.

허공에 집을 지으려 한 꽃이
실패했다고 말할 수 있을까

최고로 황홀한 순간은 순간에 사라지고 만다.
삽시간의 황홀이다.

–『그 섬에 내가 있었네』 중에서, 김영갑 저, 휴먼앤북스.

"승객 여러분께 안내 말씀 드리겠습니다. 제주로 출발하는 아시아나항공 ○○편, 제주행 항공기로 여행하실 승객 여러분께서는 1번 탑승구로 탑승해주시기 바랍니다."

커다란 캐리어를 끌고 바쁘게 움직이는 사람들, 여기저기에서 흘러나오는 친절한 음성의 안내 멘트, 높은 천장으로 인해 생기는 특유의 공기 질감, 방금 텔레비전에서 나온 사람처럼 단정한 차림에 꼿꼿한 스카프를 목에 두른 승무원들. 그래서 어떤 사람들은 비행기 탈 일이 없어도 어디론가 떠나고 싶고 가슴이 답답할 때 공항을 찾는다. 버스 터미널에서도, 기차역

에서도 느낄 수 없는 그곳만의 풍경과 느낌이 있기 때문일 것이다.

첫째 은산이가 돌을 갓 넘겼을 때쯤이었다. 임신했을 때부터 그때까지 여행다운 여행 한 번 못해본 나는 속전속결로 비행기 표를 끊었고, 우리 세 가족은 신혼 초에나 가봤던 꿈의 섬, 제주도로 향했다. 일단 목표는 달성했으니 신나긴 했지만 걱정이 태산이었다.

'처음 타는 비행기인데 은산이가 멀미 하면 어쩌지? 너무 심해서 오바이트라도 하면 어쩌지? 이착륙할 때 나도 귀가 아프던데 말도 못하는 저 녀석이 아파하면 어쩌지? 그 좁은 비행기 안에서 고래고래 울기라도 하면 어쩌지?'

고민정으로 말할 것 같으면 뭔가 하나 결정하면 뒤도 돌아보지 않고 행동에 옮기는 추진력은 좋은데, 결정하기까진 이름처럼 고민이 정말 많다.

'아기랑 타면 제일 앞좌석을 준다더니 그러기는커녕 다섯 번째 줄 창가 자리잖아? 아기가 울기라도 하는 날엔 어쩌지?'

한가득 걱정을 짊어지며 비행기에 탑승했다. 비행기가 속력을 내자 조금씩 귀에 압력이 느껴졌다. 집에서 싸온 물을 얼른 은산이 입에 대줬지만 이 녀석 먹는 둥 마는 둥이다. 난 연신 침을 삼키며 귀를 뚫었고 멀미가 심해 창 쪽은 웬만해선 눈길을 주지도 않았다. 그런데 어찌된 일인지 은산이가 멀쩡하다. 비행기가 움직이기 전부터 뭐가 그리도 신나는지 내 무릎 위에서 방방 뛰더니 이젠 옆에 앉은 제주도 할머니들에게 연신 윙크를 날린다. 창밖을 가리키며 감탄사를 내뱉더니 눈을 떼지 않는다. 오히려 은산이의 넘치는 에너지를 감당 못하고 멀미로 비실거리는 건 나였다. 두 모자의 모습을 보던 남편이 한마디 던진다.

“그것 봐, 역시 은산이는 우리가 생각한 것보다 강하다니까.”

섭지코지의 한 수족관. 은산이에게 물고기는 책 속에서 본 게 전부였다. 그래서 눈앞에서 움직이는 3차원의 바다세상을 보여주고 싶었다. 수족관 표를 끊고 들어가 처음 본 것은 예쁘다는 말이 절로 나오는 알록달록한 열대어들. 아기 손바닥만 한 물고기들이 자유롭게 헤엄치고 있었고 그걸 본 은산이는 무슨 생각을 하는지 그저 입을 헤벌쭉 벌린 채 구경하느라 여념이 없었다.

“와! 저것 봐! 수족관이 원통형으로 생겼어. 와!! 그 사이로 물범이 지나가네? 멋지다!”

웬만한 어른보다 덩치가 큰 물범이 이쪽 수족관에서 저쪽 수족관으로 이동할 때 기둥처럼 생긴 수족관을 통과하는데 마치 내가 물속에 들어와 있는 것처럼 실감이 났다. 가까이에서 보고 싶어 우리는 그 기둥 앞으로 다가갔다. 그런데 빠른 속도로 통과하기만 하던 녀석이 은산이의 눈높이에 맞춰 멈춰서더니 한참 동안 은산이를 쳐다보는 것이었다. 마치 어른들은 알지 못하는, 아이만 알아들을 수 있는 말을 건네는 것처럼 말이다. 난 은산이도 뭔가 어른들은 알아들을 수 없는 말을 할 것 같아 재빨리 은산이를 쳐다봤다. "은산아~"

은산이의 입술이 일그러지고 볼을 씰룩거리더니 이내 작은 두 눈에 눈물이 고였다.

"괜찮아, 너한테 인사하는 거야."

영화를 너무 많이 본 게 잘못이다. 나도 모르게 아이들은 동물과 대화하고 외계인과도 교감할 거라는 고정관념을 갖고 있었던 거다. 너무 빨리 팽창해버린 나의 상상력을 질책하며 얼른 다른 곳으로 발걸음을 옮겼다.

그런데 처음엔 그저 무표정으로 이곳저곳을 쳐다보던 아이가 그 물범을 만난 이후로 점점 활기를 찾기 시작했다. 은빛 정어리 떼가 터널수조 위를 지나갈 때는 끊임없이 감탄사를 외쳤고, 돌고래를 봤을 때는 내게 뭔가를 설명하려는 듯 손가락을 가리키며 뭐라뭐라 중얼거렸다. 대형공연장에서 열리는 바다코끼리와 조련사의 공연을 보러 갔을 땐 5분이면 몸을 비비 꼬며 일어나자고 할 줄 알았는데 한 번의 칭얼거림 없이 공연을 즐겼다. 총 3시간이 넘는 시간 동안 피곤해할 거란 내 예상과 달리 은산이는 갈수록 물속 세상에 빠져들었고, 눈에 보이는 모든 것에 온 마음을 빼앗겼다. 한 번의 두려움이 아이를 멈춰서게 할 줄 알았는데 아이는 오히려 두 발 세 발 새로운 세상으로 더 깊숙이 나아갔다.

차에 탈 때면 카시트보다는 엄마 품에 안겨 있기를 좋아하던 녀석이 제주도 여행 이후엔 차만 타면 알아서 카시트에 앉는다. 잠자리가 바뀌면 밤잠을 설칠 법도 한데 제주도에서도 보채는 것 없이 10시간은 곯아떨어져 엄마, 아빠에게 오붓한 시간을 선물했다. "엄마"밖에 말하지 못하던 녀석이 "아빠"라는 말을 할 수 있게 되었고, 해변도로를 드라이브하며 여기가 바다라고 알려줬더니 제주도에서 돌아온 이후에도 휴대전화 액정에 띄워놓은 바다 사진을 보면 "바~"라고 하며 손가락으로 가리킨다. 태어나 처음 겪어본 모든 것들은 이렇듯 아이를 성장시켰다. 우리 부부는 여행 내내 아이는 우리가 생각한 것보다 강한 존재라는 걸 깨닫고 또 깨달았다. 그리고 그 장소가 도시가 아닌 자연을 한껏 품고 있는 제주였기에 더욱 가능

네 안에 담긴 우주를 본다

한 일이 아니었을까?

내가 사진에 붙잡아두려는 것은 우리 눈에 보이는 있는 그대로의 풍경이 아니다. 시시각각 변하는 들판의 빛과 바람, 구름, 비, 안개이다. 최고로 황홀한 순간은 순간에 사라지고 만다. 삽시간의 황홀이다.

제주의 풍경을 한 폭의 수채화처럼 아름답게 담아낸 사진작가 김영갑의 『그 섬에 내가 있었네』 중 일부분이다. 어떤 사람들은 말한다. 제주도는 2박 3일이면 충분하다고. 하지만 그건 제주도를 관광한 것이지 여행한 것이 아니다. 예술가의 눈으로 바라보자. 익숙했던 것들이 새롭게 보이고 더 나아가 낯설기까지 할 것이다. 시간에 따라 달라지는 하늘의 색깔, 바람에 따라 결을 달리하는 억새밭의 모습, 비와 안개로 촉촉해진 초원의 싱그러움. 안개 속에 드러난 야생화들. 이 모든 것은 늘 그 자리에 있지만 모두에게 보여지는 것은 아니다. 예술가의 시선이 있어야 가능하다. 김영갑의 글을 보면 그가 얼마나 제주도를 사랑하는지, 순간순간 얼마나 진한 황홀경을 보았는지 알 수 있다.

나에겐 아이들이 그러하다. 기지도 못하던 아이가 뛰어다니고, 알갱이가 조금만 커도 켁켁대던 녀석이 네모난 깍두기를 아삭아삭 씹어 먹는다. 삼계탕을 달콤한 사탕으로 알아듣던 녀석이 정치인들 이름을 쭉 꿰고 있다. 하루하루를 보낼 땐 그저 평범한 일상이었는데 예술가의 시선으로 제주도를 바라보듯 아이들을 바라보니 매 순간이 기적이고 황홀한 순간들이다.

언젠가 신영복 선생님이 이런 말씀을 해주셨다.

"왜 자기 아기가 예뻐 보이는지 알아요? 그건 가만히 오랫동안 지켜봤기 때문이에요. 눈썹이 얼마나 긴지, 입술은 얼마나 도톰한지, 손가락은 얼마나 앙증맞은지 부모만큼 그렇게 깊게 바라보는 사람도 없을 테니까요."

예술가의 시선은 예술가란 이름표가 붙은 사람들에게만 주어진 특별함이 아니다. 풍경이 됐든, 아이가 됐든, 사랑하는 마음으로 오래, 깊이 보면 되는 것이다.

어쩌면 우리는 하루가 다르게 커가는 아이를 통해 예술을 경험하고 있는지도 모른다. 주의를 기울이지 않으면 영영 돌아오지 않는 오늘의 모습, 깊게 바라보는 자에게만 주어지는 황홀의 순간들, 항상 존재하는 아이지만 어느 날 문득 커버린 아이를 보며 느끼는 신비로운 감정까지.

놓치지 말자. 아이들이 우리에게 선물하는 황홀의 순간들을.

어머니가 되는 것이 하나의 '희생'이라면,
딸의 운명은 결코 속죄될 수 없는
하나의 '죄'인 것이다.

-『참을 수 없는 존재의 가벼움』 중에서, 밀란 쿤데라 저, 송동준 역, 민음사.

#1

오늘따라 은산이의 표정이 어둡다. 평소 에너지가 넘치던, 한시도 쉬지 않고 노래를 부르던 은산이가 아니었다.

"산아, 기분 안 좋아?"

"아니야. 좋아."

아직 어린 이 녀석이 벌써 자기감정을 위장할 줄도 아는 건지 애써 아닌 척해 보인다. 집으로 오는 내내 말도 없고 웃지도 않고 그저 창밖만 무심히 바라보는 녀석이다.

"집에 다 왔다. 아빠 저기 나와 계시네? 엄마 학교 다녀올

게. 아빠랑 잘 놀고 있어!"

은산이는 아빠에게 아주 짧은 웃음을 보이더니 의젓하게 카시트에서 내려와 차 문을 열고 나간다. 뽀뽀도, 안아주는 것도 없이 물음표만 한가득 가슴에 안겨준 채로 말이다. 바로 집에 들어갈 줄 알았더니 백미러 속 초록색 점퍼를 입고 있는 은산이는 작은 묘목처럼 우두커니 서 있었다. 같이 차를 타고 오는 동안에는 눈길 한 번 제대로 주지 않던 녀석이 내 차가 보이지 않을 때까지 떠나가는 차의 뒷모습을 뚫어져라 쳐다보고 있었다. 붙잡고 싶어도 붙잡을 수 없는 연인을 떠나보내는 사람처럼 말이다. 잠시 후 남편에게서 문자가 왔다.

'은산이가 당신 차 몰고 가는 뒷모습을 한참 보더라고'

가슴속에 커다란 바위가 쿵 하고 떨어지는 것만 같았다. 너무 일찍 철든 아이는 부모에게 아픔이고 괴로움이라고 했다. 아이가 울면서 매달려도 속상했겠지만 애써 싫은 마음을 감추는 아이의 일찍 철든 모습은 가슴 저미게 하는 아픔이었다.

#2

주말이면 대형마트에 가서 일주일치 식량을 잔뜩 사서 냉장고에 넣어둔다. 아니 쑤셔넣는다는 표현이 더 맞을지도 모르겠다. 은산이가 좋아하는 요플레, 두부, 도토리묵, 사과, 남

부모의 가슴에 쿵 하고
바위가 떨어질 때가 있다

편이 좋아하는 꼬막, 콩나물, 상추, 쑥갓, 은설이가 좋아하는 치즈, 고구마, 바나나 등등.

지금은 KBS를 떠났지만 그 당시 내 일과는 월요일 새벽부터 시작되었다. 매주 월요일마다 출연하는 〈아침마당〉 때문에 아이들 잠든 시각에 살금살금 집을 빠져나와야 했다. 메이크업을 받고 방송을 하고 나면 또 다른 방송이 기다리고 있다. 사람들은 텔레비전에 안 나오면 아무것도 안 하는 줄 알지만 절대 그렇지 않다. 7개의 라디오 채널을 커버하려면 100명에 가까운 아나운서들이 바쁘게 움직여야 한다. 난 새벽 세 시에 방송되는 KBS cool FM 〈더 가까이 고민정입니다〉를 매일매일 녹음해야 했고 틈틈이 내레이션 더빙, 뉴스를 해야 했다. 근무 시간 동안 누구를 만나 잡담할 여유도 없었다. 퇴근 후엔 첫째 아이를 갖기 전에 시작했던 대학원 수업 때문에 학교에 가야 했다. 아침에 집을 나서면 아이들이 잠든 이후에나 집에 들어갔고, 그마저도 월화수목금이 순식간에 지나가버렸다. 그렇게 일주일을 보내고 금요일 저녁에 집을 둘러보면 모든 게 엉망이었다.

냉장고엔 유통기한이 지난 요플레부터 축 처지다 못해 물러버린 나물이 반찬이 되어 보지도 못하고 쓰레기통 행이 되었다. 내가 없는 동안 두 아이를 돌보느라 자신을 돌볼 겨를도 없었던 남편은 수염도 깎지 못한 채 다 늘어난 티셔츠를 입고 퀭한 눈으로 날 바라본다. 태어났을 때부터 머리숱이 많아 다른 엄마들의 부러움을 받았던 은설이는 누군가에게 머리채를 잡힌 여인네마냥 산발이 된 채로 해맑은 웃음을 지으며 날 올려다본다. 빨래 통엔 네 식구의 옷이 무서운 속도로 쌓이고 있었고, 싱크대엔 말라붙은 국물 자국들이 여기저기 흔적을 남기고 있었다. 목욕을 시키기 위해 은산이의 겉옷을 벗기자 뒤집어진 내복이 민망한 듯 빙그레 웃고 있다. 풀썩 주저앉았다. 모든 게 내 탓인 것만 같다.

#3

하루는 온몸이 몸살로 으슬으슬 떨렸다. 그동안의 피로가 누적되어서인지 살갗은 스치기만 해도 쓰라렸고, 정신은 현실 감각을 잃은 채 몽롱했다. 10년 동안 체득한 노하우로 방송은 어찌어찌 끝냈는데 문제는 학교였다. 내가 강의를 듣는 거라면 하루 정도 결석하면 되겠지만 하필이면 그날이 일주일에 한 번씩 내가 강의를 하러 가는 날이었다. 나 힘들다고 학생들과의 약속인 수업을 취소할 수는 없는 노릇이었다. 다 죽어가는 목소리로 남편에게 전화했다.

"오늘 내가 몸이 너무 안 좋아서 산이 하원까지는 못 시킬 것 같아. 당신이 좀 수고해주라."

"그래? 그럼 내가 당신 학교까지 데려다줄게. 그리고 근처에서 기다렸다가 같이 오지 뭐."

"애들은 어쩌고. 혼자서 둘이나 데리고 어디에 있으려고."

"그건 나한테 맡겨!"

결국 아픈 나를 위해 남편은 애 둘을 차에 태우고 함께 학교까지 갔다. 강의실에 들어가면서도 혼자서 괜찮겠냐고 몇 번이나 물어봤지만 남편은 걱정 말라면서 내 등을 떠밀었다. 난 학생들에게 기를 받아서인지 큰 무리 없이 수업을 마쳤다. 끝나자마자 남편이 있는 곳으로 달려갔다. 2시간 동안 어디에서 있었을까, 배는 채웠을까, 아직 걷지도 못하는 둘째를 아기띠에 메고 다녔을까 궁금증과 걱정이 뒤섞였다.

"으앙!!"

차 문을 여니, 은설이가 카시트에 묶인 채 처절하게 울고 있었다. 차 바닥엔 먹다 남긴 우유팩, 휴지 조각, 무언가를 쌌던 검정 비닐봉지, 떡고물 등이 너저분하게 널려 있었다. 순간 지옥을 보는 것 같았다.

"저녁은 먹었어?"

"저 앞 편의점에 있는 우유, 우리가 다 마셨어."

얼굴을 잔뜩 찡그린 채로 묻는 내 질문에 남편은 특유의

엄마가 된다는 것
때로는 모든 것이 엉망인 듯 자책도 했다

너털웃음을 지어 보이며 답했다. 평소 우유를 좋아하지 않던 은산이인데 무려 두 팩이나 먹었다며 자랑스럽게 말하는 남편이다.

"밥이라도 먹이지 그랬어!"

"먹였지."

당당하게 말하며 눈짓으로 아이들을 가리킨다. 은설이의 얼굴은 눈물, 콧물로 범벅이 돼 있었고 은산이의 옷과 얼굴은 떡고물과 우유로 엉망이 되어 있었다. 고작 2시간이었는데 두 아이는 거리의 아이들처럼 땟국물이 줄줄 흘렀다. 간신히 버티고 있던 마음이 와르르 무너지는 기분이었다. 어디 땅이라도 파고 큰소리로 소리치고 싶었다. 내 안의 물기가 바싹 마를 때까지 펑펑 울고 싶었다.

테레사는 귀담아 듣고 믿었다. 인생에서 가장 값진 것은 어머니가 되는 것이며, 어머니가 되는 것은 크나큰 희생이라고 믿었다. 어머니가 되는 것이 하나의 '희생'이라면, 딸의 운명은 결코 속죄될 수 없는 하나의 '죄'인 것이다.

밀란 쿤데라의 『참을 수 없는 존재의 가벼움』에는 테레사와 토마시, 두 남녀를 둘러싼 여러 사건들이 얽히고 설켜 있다.

능력과 부를 가지고 있는 토마시와 아무것도 가진 것이 없는 테레사. 이 두 사람의 운명을 보며 많은 생각을 하기도 했지만, 늘 자식들 때문에 자신의 인생은 없다며 하소연하는 엄마를 바라보는 테레사의 저 말에서 더 큰 울림이 있었다.

복직과 동시에 대학원 수업까지 병행하면서 빠듯한 시간으로 몸이 힘든 건 물론이고 너무 내 욕심만 차리는 것 같아 마음이 늘 불편했다. 다른 엄마들은 하고 싶은 일이 있어도 아이들을 위해 꿈을 접고 아이에게 모든 걸 바친다는데 난 뭔가 하는 생각이 들었다. 학교에 가면서부터 귀가 닳도록 들어온 '부모님의 희생정신'을 본받아 나도 그 뒤를 따라야 하는 게 아닐까? 하지만 왜 그런지 몰라도 '희생'이란 단어가 내 마음속에서 강한 거부감을 일으켰다. 그렇게 어렴풋한 직감만으로 하루하루를 보내온 내게 테레사의 저 말은 비 온 뒤 시야가 깨끗해지는 것처럼 머릿속 생각을 명징한 언어로 정리하게 해주었다.

아이는 엄마에게 희생을 강요하지 않는다. 그럼에도 불구하고 엄마는 아이를 위해 희생을 택한다. 그리고 이것은 엄마 자신의 삶을 망가지게도 하지만 아이를 '죄인'으로 만들기도 한다. 아이는 아무 잘못도 없이 죄인이 되는 것이다.

어떤 사람들은 엄마가 일을 하기 시작하면서 아이들이 올

바르게 크지 못한다며 일하는 엄마들에게 모든 책임을 떠넘긴다. 동시에 옛어머니들의 희생을 아름답게 묘사하며 여자들을 자책하게 만든다. 이렇듯 어머니에게 씌워진 희생이란 이미지는 많은 여성들이 엄마가 되길 주저하게 만든다. 뿐만 아니라 태어나는 모든 아이들을 미래의 '죄인'으로 만든다.

아이들은 어른의 보호와 교육에만 의존하는 미숙한 존재가 아니다. 물론 어느 정도 필요는 하겠지만 이들 역시 사람이다. 상황에 따라 적응하고 자신의 길을 개척해 나갈 수 있는 사람 말이다.

우리 집은 엄마인 나의 희생이 부재함으로 달라진 것들이 참 많다. 가끔 퇴근 후에도 약속이 있거나 일이 끝나지 않아 다시 나가봐야 할 때면 울거나 서운함을 드러내는 것이 아니라 씩씩한 목소리로 "엄마, 다녀오세요!"를 외치고 다시 신나게 논다. 된장국과 김만 있으면 밥 한 공기도 뚝딱이다. 다양한 요리를 맛보지 못한 아이들은 그저 세 끼 밥이 최고의 음식이다. 어쩌다 특별식으로 또띠아에 피자치즈와 블루베리를 올려 구워주면 눈이 휘둥그레져서 신나게 먹는다. 엄마랑 오래 놀지 못한다고 해서 서먹해하지 않는다. 오히려 엄마가 집에 있는 시간이 길지 않다는 걸 체득해서인지 두 녀석 다 엄마한테 꼭 붙어 온갖 애정표현을 퍼붓는다.

희생과 죄인. 그 악순환의 굴레를 끊어야 한다. 여성들이 그 굴레를 벗어날 수 있도록 도와야 한다. 그렇지 않으면 사랑스런 우리의 딸도 그 굴레로 빨려 들어갈 것이기 때문이다. 우리 모두 자유롭게 한 세상 멋지게 살기 위해 태어난 존재들이 아닌가.

무지막지하게 몰아댄 망아지는 길에 쓰러져
이제 쓸모가 없어진 것이다.

-『수레바퀴 아래서』 중에서, 헤르만 헤세 저, 한미희 역, 문학동네.

"소비자 리포트 한다!"

금요일 저녁 시간이면 엄마가 나온다는 이유로 텔레비전을 열혈 시청하는 은산이, 은설이다. 성우 특유의 톤을 똑같이 따라하는데 얼마나 귀여운지 모른다. 보통 저녁 시간대에는 아이와 밥상전쟁을 치르느라 텔레비전은 아예 켜지도 않는데 금요일만큼은 예외다. 물론 아이들은 엄마가 나오는 부분만 보고 정작 중요한 VCR은 당연히 안중에도 없다.

이날 아이템은 아이들의 화장품이었다. 여자아이에게 화장품은 일종의 로망이다. 눈은 너구리처럼 파랗고 까맣게, 입술은 피에로처럼 빨간색으로 칠하고, 유행 지난 커다란 목걸이를 목에 걸고, 또각 구두를 신으면 준비 완료. 물론 얼마 되지 않아 엄마에게 발각되어 엄청 꾸지람을 듣긴 하겠지만 그 전까지는 동화 속 공주님이 따로 없다. 그런데 이렇게 엄마 몰래 썼던 화장품이 이젠 당당히 유아용이란 꼬리표를 달고 한 섹션을 채우고 있다. 매니큐어와 립스틱은 물론 마스카라와 볼터치 등 어른들의 색조 화장품 종류가 모두 진열되어 있다. 다른 점은 케이스가 아이들이 좋아하는 캐릭터로 포장되었다는 점뿐이다. 엄마들도 처음엔 고민했겠지만 유아용이라는 표시를 믿고 큰 고민 없이 화장품을 아이 손에 안긴다. 하지만 문제는 그 화장품엔 아이들의 연한 피부엔 너무도 가혹한 화학 물질들이 섞여 있다는 점이다. 그럼 화장품을 안 사주면 되겠지, 하고 간단하게 생각한다면 오산이다.

여러 전문가들은 화장품이 몸에 해롭다는 걸 알지만 그 이전에 외모지상주의와 넘쳐나는 미디어 속 아이돌 문화가 상존하는 한 완전히 막을 수 없다고 말한다. 이런저런 스트레스 속에 살아가는 아이들에게 놀이 공간, 놀이 문화를 만들어주지도 못하면서 이것마저 못하게 한다면 아이들은 숨 쉴 구멍조차 없을 거라는 게 이유다. 지금 상황에선 무조건 못하게 막는 게 답은 아니라는 얘기다.

방송을 다 보고 헬스장에서 운동을 하는데 마침 요즘 가장 인기가 있다는 아이돌 가수가 텔레비전에 나왔다. 언제 봐도 귀엽고 예쁘다. 게다가 노래까지 잘한다. 그런데 이상하게 그날따라 그녀의 표정에 외로움이 가득 묻어 있었다. 물론 컨디션이 안 좋았을 수도 있고, 느린 발라드 음악에 흠뻑 빠져든 나머지 그런 표정이 절로 나왔을 수도 있다. 하지만 내 마음엔 화려한 무대 위에서 생활을 해야 하는 그녀의 삶이 아무것도 보이지 않는 심해의 한가운데에 있는 것처럼 외롭게 느껴졌다.

사람들은 유명세를 부러워한다. 하지만 유명세 뒤엔 반드시 많은 어려움과 희생이 따른다. 익명 속에 묻혀 있을 땐 익명의 자유로움을 모르는 법이다. 갈수록 연예계에 진출하는 사람들의 연령이 낮아지면서 부모도 아이도 조급하다. 빨리 시작한 만큼 빨리 소모되고 빨리 잊힐 수 있다는 사실은 애써 외면하면서 말이다.

감수성이 가장 예민하고 가장 위태로운 소년 시절에 왜 한스는 날마다 밤늦게까지 공부해야 했을까? 왜 그의 토끼를 빼앗고, 왜 라틴어 학교에서 동급생들을 일부러 멀리하게 만들고, 왜 낚시를 금지하고, 왜 어슬렁거리며 거리를 돌아다니

인생은

너만의 시선을 갖는 거란다

지 못하게 하고, 왜 하찮고 소모적인 명예욕을 추구하겠다는 공허하고 세속적인 이상을 그에게 심어주었을까? 왜 시험이 끝나고 힘들게 얻은 방학 때조차 푹 쉬게 하지 않았을까?

무지막지하게 몰아댄 망아지는 길에 쓰러져 이제 쓸모가 없어진 것이다.

헤르만 헤세의 『수레바퀴 아래서』 속 주인공 한스는 100년 전, 그것도 한국이 아닌 독일을 배경으로 한 환경 속에 있지만 지금의 우리 아이들과 무섭도록 닮았다. 공부만을 최고로 생각하는 선생님과 부모님들의 시선, 그에 부응하고자 자신의 마음속 목소리는 애써 듣지 않으려는 아이, 그토록 공부, 출세를 위해 무섭게 몰아치다가도 기대에 못 미친다 싶으면 매몰차게 내팽개치는 사회풍조까지도 말이다.

교사의 의무와 국가가 교사에게 맡긴 직무는 소년들의 거친 힘과 자연의 욕망을 제어해 뿌리부터 송두리째 뽑아버리고, 그 대신 국가가 인정하는 차분하고 절도 있는 이상을 심어주는 것이다. 학교의 그러한 노력이 없었더라면, 지금 행복한 시민과 성실한 관리가 된 얼마나 많은 사람들이 걷잡을 수 없는 격렬한 개혁가, 쓸데없는 공상이나 하는 몽상가가 되었겠는가! 소년의 내면에는 거칠고 무질서하고 세련되지 못한 어떤 것이 있다. 교사는 우선 그것을 깨뜨리고, 위험한 불꽃은 끄고 밟아버려야 한다. 자연이 창조한 그대로의 인간은 예측할 수 없고 속을 들여다볼 수 없으며 위험한 존재이다. 그는 미지의 산에서 흘러 내려오는 강이며, 길도 질서도 없는 울창한 원시림이다. 나무를 솎아서 베고 정리해 원시림을 강제로 억제해야 하듯이 학교도 자연 그대로의 인간을 깨뜨리고 정복하고 강제로 억제해야 한다. 학교의 사명은 정부가 인가한 원칙에 따라 자연 그대로의 인간을 사회의 유용한 일원으로 만들고, 병영의 세심한 훈련을 통해 마무리되고 완성되는 특성을 일깨우는 것이다.

사회가 정한 틀에서 벗어난 학생은 솎아내야 할 쓸모없는 존재라는 것이다. 우리는 헤세가 말하는 어른의 초상에서 얼마나 벗어나 있을까. 그리고 난 얼마나 자신 있게 그렇지 않다고 말할 수 있을까. 부모인 자신도 이런 숨 막히는 사회의 희생양이었음을 항변하면서 자신의 소중한 아이를 똑같은 재물로 바치려는 이유는 무엇일까.

한 아이가 강바닥 바위 틈에 들어간 물고기를 잡기 위해 손을 넣었다. 물고기가 손 안에 잡혔다. 하지만 주먹을 쥔 손은 바위 밖으로 빠져나오지 못했다. 결국 아이는 물고기를 손에서 놓아줌으로써 바위 틈에 낀 손을 빼내 물 밖으로 나올 수 있었다는 동화가 생각난다. 이렇게 우리는 어릴 때부터 하나를 갖기 위해선 하나를 버려야 함을 배웠다. 하지만 우린 어른이 될수록 그렇게 살지 않는다. 동화는 동화일 뿐이라면서 말이다. 성적은 항상 상위권을 유지해야 하며, 게임이나 텔레비전은 보지 않아야 한다. 놀이터에서 뛰어노는 것도 잠깐뿐이다. 곧 학원에 가야 하기 때문이다. 밥은 앉은 자리에서 흘리지 않고 채소와 고기를 골고루 먹어야 하고 과자는 절대로 먹어서는 안 된다. 신경안정제를 먹어가며 공부를 한다던 전교 1등의 한 고등학생 이야기가 생각난다.

에마가 말했다.
"우리, 너무 악착같이 일하지는 말아요."

주인공 한스가 사랑했던 에마가 한스에게 던진 말이다. 어쩌면 한스가 가장 듣고 싶었던 말인지도 모른다.

언젠가 서울대 출신의 교수님께 질문한 적이 있었다. 그 분의 아들은 고3인데도 음악에 심취해 있었다.

"아이가 고3인데도 드럼 스틱을 잡고 있는데 걱정 안 되세요?"

그 분은 웃으며 우문에 현답을 주셨다.

"서울대 보낼 생각만 안 하면 돼요."

간단했다. 당신이 서울대를 나왔으니 그 꼬리표가 얼마나 이 사회에서 유용하게 쓰이는지 아실 텐데도 그 분의 생각은 확고했다. 그리고 이런 생각을 가진 남자가 한 명 더 있다. 바로 나와 함께 살고 있는 남자다.

은산이가 네 살이 됐을 때부터 주위 엄마들이 한글, 영어 학습지를 시키길래 우리도 그래야 하는 거 아닌가 하고 슬쩍 운을 뗐다. 역시나 남편으로부터 무작위 폭격을 당했다. 그런데 참 신기하다. 아이가 날 때부터 그런 재능을 갖고 태어난 건지는 모르겠지만 다섯 살 무렵 스스로 한글을 깨쳤다. 사실 우리 집에선 착한 일을 해야 책을 읽어준다. 예전엔 매일 밤 자기 전에 꼭 5권의 책을 읽어줬는데 이게 습관이 된 건지 회사일로 녹초가 되어 돌아온 날도 어김없이 아이들은 책을 읽어달라고 조른다. 그래서 생각해낸 것이 밥 잘 먹고 목욕 잘하면 읽어주는 것이다. 그런데 하지 말라고 하면 더 하고 싶은 게 인간의 본능인 건지 아이는 더욱 책 읽기를 갈망한다. 독서, 한글 학습 등을 교육이라는 틀 안에서 몰아쳤다면 어땠을까? 소설 속 표현처럼 길에 쓰러진 망아지가 되진 않았을까?

그뿐만이 아니다. 남자아이답게 블록놀이를 좋아하는 은산이. 원래는 블록마다 조립 설명서가 있어서 그대로 보고 따라서 만들면 된다. 그런데 우리는 게으름과 무지함으로 각각 다른 시리즈들을 한 통에 다 섞어버렸다. 처음에 아이는 그저 높이 쌓기밖에 하지 않았다. 그래서 잠시 후회를 하기도 했다. 나도 매뉴얼에 나온 대로 가르쳐줬어야 하는데 하면서 말이다. 그런데 그로부터 1년쯤 지났을 때였다. 녀석은 그 블록으로 다양한 모양을 만들기 시작했다. 비행기, 주유소, 배, 로봇… 어른의 머리로는 상상할 수 없는 기발한 모양의 작품들이 탄생했다.

사실 나도 자주 흔들린다. 다른 아이들은 다 하는데 우리 아이만 못한다는 소리를 들었을 때 특히 그렇다. 남들 하는 것은 기본으로 하고 그 위에 플러스 알파를 만들어야지 아무것도 없는 상태에서 특별해지는 게 가능할까, 하며 나 역시 고민하고 갈등한다. 하지만 두 아이의 커가는 모습을 보며 부지런히 가르치고 꼼꼼하게 감독하지 않은 게 오히려 다행스럽게 느껴진다. 바쁜 엄마와 게으른 아빠를 둔 아이들은 스스로 배움을 터득해가며 스스로 성장해온 것이다.

우리 아이들은 어떤 세상을 열어갈까. 그 안에서 어떤 사람이 되어 어떤 역할을 해낼까. 생각하는 것만으로도 기대되고 기다려진다. 오늘도 나 자신에게 다짐한다. 내가 아이들을 수레바퀴 밑에 깔리게 하지는 말자고. 악착같이 일만 하는 사람으로 키우지는 말자고. 멋진 세상에서 부모, 자식이 아닌 함께 길을 걷는 동반자가 될 그날을 그려본다.

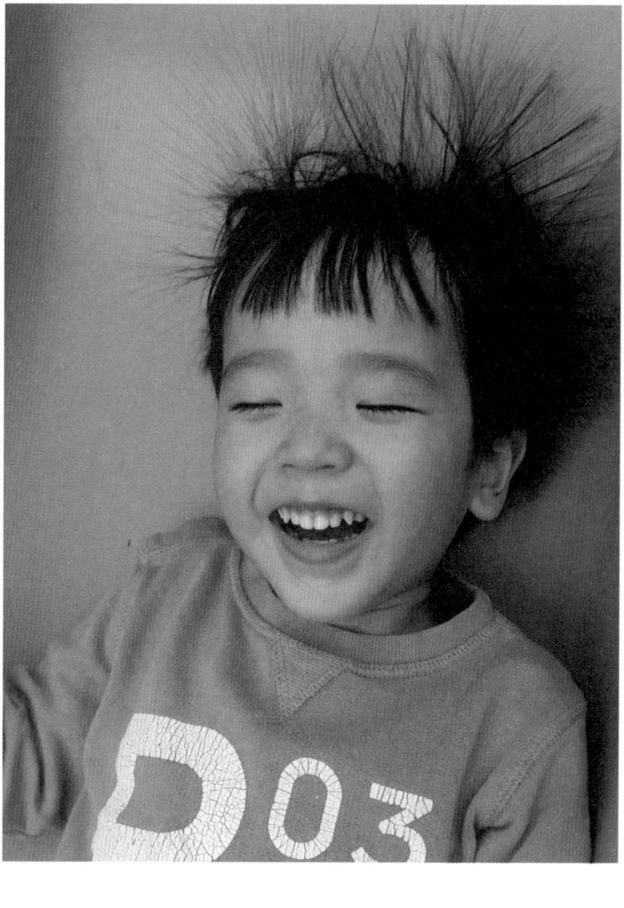
D03

벌써 좋아지고 있군요. 아이가 울고 있잖아요.
정상적인 아이가 되어가고 있는 겁니다.

-『자기 앞의 생』 중에서, 에밀 아자르 저, 용경식 역, 문학동네.

가출을 했다. 그렇게 추웠을 때도 아닌데 내 기억 속에는 칼바람이 불던 날로 남아 있다. 그날 밤 단 하루를 보낼 곳 찾기가 이렇게 어려운 줄은 몰랐다. 원인은 은산이를 혼내는 방법을 두고 벌어진 남편과의 부부싸움이었다.

화장실에서 세수를 하고 있는데 은설이가 문을 닫았다 열었다 하며 장난을 치고 있었다.

"설아, 그만해. 그러다 문 틈에 손가락 끼인다."

이 말을 들은 은산이는 쪼르르 달려와 화장실 문을 닫았고, 미처 피하지 못한 은설이는 손가락이 끼어 다치고 말았다. 은설이의 울음 소리를 듣고 남편이 달려오더니 은산이에게 버럭 소리를 질렀다.

"조은산! 너 왜 그랬어! 너도 한 번 문에 손 끼어볼래? 얼마나 아픈지 알아야 조심하지!?"

그러면서 은산이를 끌고 문 앞으로 가더니 똑같이 문 틈에 손가락을 대면서 아이를 흔들어대는 것이었다. 충격이었다. 기원전에나 있었던 함무라비 법전이 되살아나기라도 한 것 같았다. 너무 화가 나니 입이 떨어지지도 않았다. 동생 은설이는 아파서 울고, 은산이는 혼나서 울고 집안이 울음소리로 쩌렁쩌렁 울렸다.

"울 것 없다, 모하메드. 하지만 그래서 마음이 편해질 것 같으면 맘껏 울어도 좋아. 이 아이가 원래 잘 웁니까?"

"전혀요. 얘는 절대로 울지 않는 아이예요. 하지만 얼마나 날 애먹이는지 몰라요. 내 속 썩는 건 하느님이나 아시지요."

"그렇다면, 벌써 좋아지고 있군요. 아이가 울고 있잖아요. 정상적인 아이가 되어가고 있는 겁니다. 아이를 데려오길 잘 하셨어요. 로자 부인, 부인을 위해서 신경안정제를 처방해드리죠. 별건 아니지만 부인의 불안증을 없애줄 겁니다."

아이가 울고 있잖아요

정상적인 아이가 되어가고 있는 겁니다

에밀 아자르의 『자기 앞의 생』에서 열네 살 소년 모모는 자기를 돌봐주던 로자 아줌마와 살면서 보통의 엄마와 아들처럼 잔소리와 말썽이 연속인 일상을 보낸다. 물론 조금 조숙한 생각들을 펼치는 모모이긴 하지만 우리도 어릴 적 한 번쯤은 겪었을 그런 이야기들이다. 그렇기에 모모는 완전한 허구의 캐릭터라기보다는 또 하나의 나를 만나는 것과 같다. 그리고 로자 아줌마는 모모에게 끝없이 잔소리를 퍼부어대지만 그 바탕에는 애정이 있다. 어릴 적 넌 누구를 닮았냐며 소리치다가도 누구에게 맞고 들어오기라도 하면 맨발로 뛰어나가 범인을 잡겠다며 흥분하는 엄마처럼 말이다.

그날 난 남편에게 신경안정제를 한 주먹이라도 쥐어주고 싶었다. 아니 내가 한 움큼을 먹고도 진정이 되지 않을 것 같았다. 난 펑펑 울고 있는 아이를 방으로 데리고 들어가 차근차근 설명해주었다. 그러곤 놀랐을 아이를 꼭 안아주었다. 어쩌면 아이보다 더 놀랐을 내 마음을 진정시키고자 한 행동이었는지 모른다. 목구멍으로 튀어나올 것 같은 심장은 쉬이 진정되지 않았고, 결국 뜬 눈으로 밤을 지새우며 가출을 하기로 결심을 굳혔다.

그런데 대부분의 아내가 그렇듯 나도 갈 곳이 없었다. 이럴 때 혼자 사는 친구라도 있으면 딱 좋으련만 생각나는 사람이 한 명도 없다. 그렇다고 친정에 갈 수도 없는 노릇이다. 장인, 장모로부터 품성 하나는 인정받으며 예쁨받는 사위로 자리 잡았는데 이제 와서 그 이미지에 흠집을 내고 싶지는 않았다. 나의 가출은 남편의 잘못된 행동이 고쳐지길 바라는 마음에서 하는 시위이지 남편을 아예 바꾸겠다는 쿠데타는 아니기 때문이다. 그리고 친정으로 가는 건 남편의 손바닥 위에서 노는 것과 다를 바 없으므로 무조건 탈락이다.

그래서 생각한 곳이 호텔이었다. 이것도 조건이 많았다. 어쨌든 내 지갑에서 나가는 돈이니 너무 비싼 고급 호텔은 패스. 그렇다고 모텔을 가자니 스스로가 너무 처량해 보여서 패스. 다음날 출근을 생각해 여의도에서 찾아볼까 싶었지만 혹시 회사 사람이라도 만나면 입장이 난처해질 수 있으니 패스. 너무 유명한 곳은 손님들이 많을 거고 그러면 날 알아보는 사람을 만날 확률이 높아지니 평점이 너무 높은 곳도 패스. 이 넓은 세상에 결혼한 여자가 하룻밤 자고 갈 수 있는 곳이 이렇게 없다니 한숨이 푹푹 나왔다. 하루 종일 인터넷 검색을 하던 난 결국 적당한 가격과 규모를 가진 여의도 인근 한 호텔을 찾았고 이 모든 일의 시작점인 은산이를 퇴근과 동시에 어린이집에서 납치해 데리고 갔다.

'그래도 산이를 데리고 있어야 이상한 의심을 안 하겠지? 또 혼자 호텔 들어갔다가 이상한 기사라도 뜨면 안 되니까 같이 가는 게 나을 거야. 그나저나 이 긴긴 밤을 뭐하면서 보내나. 일단 장난감이라도 사서 가야겠다.'

결국 가출한 엄마와 영문도 모른 채 끌려온 아들은 대형마트로 향했다.

"산아, 오늘 엄마가 장난감 사줄게. 뭐 갖고 싶어?"

이것저것 다 사달라고 할 줄 알았는데 딱 한 개를 고르기 위해 진땀을 빼고 있는 녀석이다. 마음이 짠했다.

"기분이다~ 오늘은 두 개 사줄게!"

믿지 못하겠다는 눈빛으로 날 보던 은산이는 제 귀를 의심하며 정말 다 사도 되는지 재차 묻는다. 이렇게 기특한 아들을 그렇게 무지막지하게 대한 남편이 떠오르며 다시 분노게이지가 올라갔다. 양손에 장난감을 가득 든 은산이는 저녁밥을 먹는 내내 싱글벙글이었고 빨리 장난감을 만져보고 싶은 마음에 어서 집에 가자고 보챘다.

"산아, 오늘은 집이 아닌 곳에서 잘 거야. 지금 우리집은 공사를 하고 있거든."

아빠랑 싸워서 엄마가 집을 나온 거라고 말할 수는 없어서 생각해낸 궁색한 거짓말이었다.

"그럼 아빠는 어떻게 해?"

아빠한테 그렇게 혼났으면서도 아빠는 어디에서 자냐며 걱정하는 아들이다. 그런 말을 들으니 다시 한번 천사로 보이는 아들. 반면 이런 천사를 학대하는 남편은 악마.

호텔에 들어선 후 둘러보니, 호텔은 아무리 조명을 다 켜도 어두컴컴했다. 아늑함을 주기 위해 설치된 주황빛의 조명은 날 범죄자로 낙인 찍고 있는 기분이었다. 한쪽 벽면을 가득 채운 거울은 세련된 인상을 주는 대신 어린 아들과 가출한 나를 자꾸만 초라하게 만들었다. 게다가 집에선 잠시도 가만히 있지 않던 녀석이 이곳에선 너무 조용하다. 마치 이상한 낌새라도 챈 것처럼. 결국 그날 밤 평소대로라면 잠들기까지 엄마와 1시간쯤은 수다 떨고 뒹굴었을 산이는 눕자마자 금세 잠이 들었다.

'그나저나 어쩜 이렇게 지독해? 걱정도 안 되나? 결혼하고 10년 동안 처음 가출한 건데 충격도 안 받나? 아직도 자기가 잘못한 걸 인정하고 싶지 않은 건가? 아니면 뭘 잘못한 건지도 모르는 건가?'

오늘밤은 은산이랑 밖에서 자고 들어가겠다는 내 문자에 알겠다는 답 이외엔 별다른 말이 없는 남편이었다. 내 시나리오대로라면 아내의 첫 가출에 안절부절못하며 잘못을 빌어야 하는데 이건 오히려 내 마음이 더 불편하다. 이젠 내가 신경 안정제를 먹어야 될 판이다.

은산이는 열시쯤에 잠이 들었는데 난 열두시가 돼도 한시가 돼도 잠이 오지 않았다. 호텔의 사각거리는 이불과 차가운 감촉의 베개가 자꾸만 날 밀어냈다. 고급 호텔에서 남편 없는 해방감을 느끼며 숙면을 취하리라 다짐을 했건만 마치 지하철 역사에 종이박스를 깔고 누워 있는 것처럼 불편했다. 결국은 내가 먼저 문자를 보냈다.

"왜 안 물어봐?"

"어디야? 잘 만해?"

왜 내 눈물은 이럴 때 왈칵 쏟아지는지, 날 걱정해주는 그의 저 짧은 말 한마디에 막혔던 댐에 작은 구멍이라도 난 것처럼 내 마음도 와르르 무너져내렸다. 그날 밤 우리는 메신저로 거의 2시간 내내 이야기를 나눴다. 난 내가 왜 화가 났는지 속 시원하게 얘기했다. 그리고 남편은 육아의 어려움을 토로했다. 아이들이 예쁘고 소중한 존재라는 건 알겠는데 때론 너무 지친다고 했다. 배고플 때가 돼서 밥을 주면 국을 쏟아 옷을 갈아입혀야 하고, 새 옷으로 갈아입혀 놓으면 응가를 해서 다시 벗기고 씻기고, 좀 쉬어야겠다 싶어 소파에 앉으면 장난감을 죄다 꺼내놓아 집을 엉망으로 만들고, 그렇게 자기는 밥 한 술 뜰 겨를도 없었는데 어느새 저녁이 되어 마누라는 들어오고, 자기도 모르게 아이들을 심하게 꾸짖고 나면 내가 왜 이러지 하며 자책하게 된다고 말이다. 난 미안해서 울었고, 고마움에 또 한 번 울었다. 하아, 속이 후련하다.

다음 날 아침 나의 출근과 은산이의 어린이집 등원을 위해 우리는 부지런히 일어났고 조식뷔페를 아깝게 안 먹을 순 없다며 레스토랑으로 내려갔다. 모두들 비즈니스맨들인데 우리 모자의 조합만 유난히 튀었다. 게다가 커다란 트렁크까지. 누가 봐도 집 나왔구나 하는 행색이었다. 그런데 난 또 도둑이 제 발 저린다고 아무도 묻지 않았는데 오늘 하루 출장을 나온 것처럼 말도 안 되는 거짓말을 은산이를 향해 장황하게 늘어놓았다. 그 말을 듣던 은산이는 나를 멀뚱하게 쳐다본다.

"엄마, 우리집 공사 끝났어? 포크레인도 갔어? 오늘은 집에 갈 수 있어?"

"당연하지. 아빠가 얼른 오래."

그날 밤 난 집에 들어가자마자 남편을 꼭 껴안았고 신나게 저녁 준비를 했다.

"아빠! 우리 집에 포크레인 왔었다면서?"

"응?"

서로의 마음을 읽고 웃음이 새어 나온다. 그래, 행복한 우리 집이 여기에 있다.

PART 3

시와 대화하는 가족

시인은(…)일상과 세계의 진부함을 떨쳐내며,
세상을 보는 눈을 바꿔놓습니다.

–『철학카페에서 시 읽기』 중에서, 김용규 저, 웅진지식하우스.

2016년 봄, 세상은 온통 알파고와 이세돌의 바둑 대국 이야기로 떠들썩했다. 바둑에서 아는 거라곤 검은 건 흑돌이요 하얀 건 백돌이 전부인 사람들이 걸으면서도 휴대전화 속 중계방송을 보았다. 뿐만 아니라 치열한 일요일 오후 텔레비전 채널권을 드라마나 예능이 아닌 바둑중계에 내주었다. 바둑은 전 세계인들이 지켜보는 가운데 뜨거운 이슈로 떠올랐다. 그 중심엔 인공지능 '알파고'가 있었다.

이세돌 기사가 5경기 중 연속 3경기를 졌을 때 사람들이 심하게 동요하기 시작했다. 그건 아마도 단순히 알파고라는 기계에게 인간의 대표 격인 이세돌 기사가 졌다는 데에 국한된 건 아닐 것이다. 그보다 한 발 더 나아가 인간이 만든 기계에 인간이 거꾸로 지배당할지도 모른다는 막연한 두려움 때문이었을 것이다. 복도를 지날 때도, 엘리베이터 안에서도, 식당에서도 사람들은 수군댔다.

"터미네이터처럼 지상세계는 로봇이 살고 진짜 우리 같은 인간들은 지하세계에 살게 되는 거 아니야?"

"이제 전쟁 나면 로봇들이 싸우겠지? 그럼 피도 눈물도 없이 싹 쓸어버릴 텐데 끔찍하다."

모두들 영화가 현실이 될 거라며 잔뜩 인상을 썼다.

물론 과학의 발전이 부정적인 측면만 가지고 있는 건 아니다. 특히 의학의 발전은 수많은 생명을 살렸다. 의학이라는 게 없던 시절 영아사망률은 40퍼센트가량이었다고 한다. 그야말로 2명 중 1명만 산다는 뜻. 아이가 백일이 되고 꼬박 1년을 살았다는 건 어려운 고비를 넘겼다는 의미이다. 희미하게 밝혀진 생의 촛불이 이글이글 심지를 태우며 자리를 잡은 셈이다. 그러니 동네가 떠들썩하게 잔치를 하는 건 당연지사. 하지만 지금의 영아사망률은 의학의 발전으로 그때와 비교할 수 없을 만큼 낮아졌다.

첫째 은산이가 7개월이 됐을 무렵 이유를 알 수 없는 병으

머지않아 로봇이 우리의 삶을 지배하게 될까

로 고열에 시달린 적이 있었다. 그저 해열제를 입으로, 주사로 넣어가며 열이 떨어지기만을 기다렸고 입원 일주일 만에 겨우 퇴원할 수 있었다. 엄마인 나에게는 해열제라는 액체가 내 아이를 살린 명의였던 셈이다. 뿐만 아니라 지금도 원인을 알 수 없는 강직성척추염이라는 병을 앓고 있는 남편. 혼자 걷지도 못하던 그를 살린 것도 몇 알의 약이었다.

그것 말고도 과학 발전으로 인한 혜택은 셀 수 없을 정도로 많다. 이렇듯 과학은 인간인 우리의 삶을 이롭게 해주고 있기 때문에 어두운 미래상이 설사 예측된다 하더라도 그 발전을 멈추게 할 순 없다. 그야말로 양날의 칼이다.

알파고의 승승장구를 보며 아이들을 떠올렸다. 내가 살아 있는 동안 설령 저런 영화 같은 일들이 벌어진다고 해도 내 몸이야 내가 감당해내면 그만이다. 하지만 내 아이들은… 어느 부모인들 아이들에게 좋은 세상을 물려주고 싶지 않을까. 인공지능의 승리를 보며 더 깊은 한숨을 내쉬는 이들 중엔 아이가 있는 부모가 상당수였다. 기계가 지배하는 세상에서 2등국민으로 꾸역꾸역 살게 되면 어쩌나, 지금은 인간이 차지하고 있는 상당수의 일자리를 기계에게 빼앗겨 실업자 신세를 전전긍긍하면 어쩌나. 과학적 지식도, 천문학적인 돈도 없는 내가 아이가 살아가게 될 이 세상을 더 좋은 환경으로 만들어줄 수는 없을까. 곰곰이 생각해보았다.

양날의 칼인 과학에 칼자루를 만들어 사람을 해하지 못하도록 하기 위해선 가장 먼저 철학이 필요하겠다는 생각이 들었다. 인간을 더욱 인간답게 하는 인문철학. 역사를 통해 오늘을 해석하고 앞을 내다보게 하는, 모든 인간에게 가장 소중한 삶이라는 가치에 일정한 의미를 부여하는 철학 말이다. 그중 철학의 꽃이라고 할 수 있는 '시'야말로 지금 당장 우리에게 필요한 것이 아닐까?

> 시인은 은유를 통해 단순히 대상을 미화하는 것이 아니라 '다른 현실의 장'을 열어 밝히지요. 그리고 그 열어 밝힘으로 드러나는 새로운 현실이 보여주는 아름다움, 고결함, 참됨, 위대함, 선함, 정의로움, 새로움 등이 아름다운 아가씨를 정복하고, 일상과 세계의 진부함을 떨쳐내며, 세상을 보는 눈을 바꿔놓습니다.

그렇다. 시인은 『철학카페에서 시 읽기』의 저자 김용규의 표현대로 세계의 진부함을 떨쳐내는 그런 존재이다. 우리 모두가 살아가고 있는 평범한 일상을 그들은 낯설게 봄으로써 다른 현실의 장을 열어젖힌다. 벽을 빼곡히 채운 담쟁이를 보며 도종환 시인은 함께 한다면 해내지 못할 일이 없음을 일러준다. 금빛 물결을 이루는 갈대를 보며 신경림 시인은 가장이라는 위엄 때문에 마음 놓고 울 수도 없는 아버지들의 외로운 심정을 어루만진다. 또 정호승 시인은 수선화를 볼 때마다 외로움은 나에게만 주어진 형벌이 아닌 우리 모두가 가지고 있는 것이라며 외로움마저 정당화시켜준다.

내게도 특별한 시인이 있다. 나와 함께 살고 있는 은산이, 은설이 아빠다. 그는 세 평 남짓 작은 옥탑 방에서도 창문 밖으로 펼쳐지는 끝없는 하늘을 보며 세상이 온통 나를 위해 존재하는 거라는 걸 느끼게 해주었다. 작은 들꽃들도 제각기 예쁜 이름이 있다는 걸 알게 했고, 가로등 아래 몰려드는 나방을 보면서도 인생을 논할 수 있게 했다. 시가 그의 입에서 흘러나올 때면 꽃향기가 났고, 그의 시를 가슴에 품었을 땐 뜨거운 눈물이 쏟아졌다.

그런데 요즘엔 아이들을 보며 꼬마시인들이 여기 또 있었구나 하고 느낀다. 구슬로 밥을 만들어 혼자 먹지 않고 반드시 함께 나누어 먹는다. 옆구리가 뜯어져 솜이 삐져나온 원숭이 인형에겐 사랑을 듬뿍 담아 꼬옥 안아주며 살아 숨 쉬게 한다. 아무렇게나 찢어놓은 색종이를 머리 위에 뿌리며 황홀감을 느끼고, 나뭇잎 사이로 부서지는 햇살을 보며 나비가 날아간다고 즐거워한다. 눈을 돌리는 곳마다 아이가 그려놓은 언어의 그림들이 흩뿌려져 있다.

어른들의 세상에 빠져 살다 보니 시인 아빠가 아이들에게 얼마나 특별한지 자꾸만 잊게 된다. 끊임없이 세상을 낯설게 보며 아름다움을 찾아내는 아빠, 아이들의 시인다운 발상과 심미안을 보며 진심으로 기뻐해주는 아빠. 시가 필요한 이 시대에 나와 두 아이들에겐 든든한 우군이 아닐 수 없다.

언젠가 서촌에 있는 '이상의 집'에 갔을 때였다. 겨울의 끝자락에 선 어느 날 따스한 햇살이 통유리창으로 밝게 들어오고 있었다. 시인 아빠와 딸은 나란히 앉아 책을 읽다가 서로를 쳐다보며 방긋 웃음을 짓더니 가벼운 입맞춤을 했다. 어떤 말도 주고받지 않고 그저 지그시 눈을 감은 채로. 하나의 세계와 또 하나의 세계가 가볍게 부딪치며 커다란 자기장을 만들었다. 내가 두 발 딛고 사는 이 세상이 온통 이런 자기장에 둘러싸여 있다면 어떨까. 이것이야말로 우리가 꿈꾸는 세상이 아닐까 속으로 되뇌어본다.

눈을 돌리는 곳마다
아이가 그려낸 언어의 그림들이 있다

만일 그 바늘 끝이 불안스러워 보이는 전율을 멈추고
어느 한쪽에 고정될 때 우리는 그것을 버려야 한다.
이미 지남철이 아니기 때문이다.

-〈지남철〉 중에서, 민영규 글.

#.

조은산: 2017년, 우리 나이로 일곱 살이지만 12월생이어서 여섯 살 같은 일곱 살 남아, 돌 무렵에는 너무 순해서 이런 애는 열 명도 키우겠다는 말을 주위 엄마들한테 무척 많이 듣게 했던 순둥이(과거형), 뭔가 잘못을 지적하면 절대 바로 고치지 않고 최소 세 번 이상은 반복을 하거나 엄마 아빠가 큰 소리를 내야(!) 시정함(현재), 아기 때부터 안아주면 버티기 대장이더니 지금도 열 셀 동안만 안아달라고 요구하지 않으면 1초 만에 품을 벗어나는 상남자.

조은설: 우리 나이로 네 살 여아, 조리원 시절 제때 엄마가 밥을 주러 오지 않으면 병원이 떠나가도록 쩌렁쩌렁 울어대서 목소리 크기로 1등 했던, 한 성질 할 것으로 예상됐던 녀석(과거형), 뭔가 잘못을 지적하면 바로 “네” 하면서 시정함(현재), 뽀뽀와 몸을 비비 꼬는 요염함으로 모두의 애간장을 녹이는 애교쟁이.

누군가 그랬다. 아이가 한 명일 때 '1'만큼의 비용과 수고가 든다면 아이가 두 명일 때는 '1.5'만큼만 들이면 된다고. 이제부터 수정하자. 정확히 두 배의 수고로움과 비용이 든다고. 더 키워보면 달라질지 모르겠으나 아직까지는 그렇다. 심지어 한 배에서 나왔음에도 너무나 다른 성향 탓에 어느 장단에 맞춰야 할지 엄마를 끊임없이 고민하게 만든다.

아이들이 부모에게 혼나는 일은 대개 정해져 있다. 밥 먹을 때와 씻을 때. 그중 밥 한 끼 먹는 일은 그날의 큰 일과이며 전부라고 해도 과언이 아닐 정도이다. 아이를 낳기 전부터 밥상머리 교육이 중요하다는 얘기를 워낙 많이 보고 들어와서 밥 먹는 일이 쉽지 않을 거라는 건 예상하고 있었다. 어릴 때부터 한 자리에서 먹을 수 있도록 해야 하고, 부모도 텔레비전을 보면서 먹어선 안 되며, 밥 먹는 시간을 정해놓고 그 시간 안에 먹어야 한다고.

일단 텔레비전은 내 방송을 모니터할 때 빼고는 거의 켜는 일이 없는데다 작은방에 설치해두었기 때문에 밥 먹으면서 텔레비전을 보는 일은 아예 없다. 문제는 장난치지 않고 바른 자세로 밥을 먹는 것.

"조은산! 똑바로 앉아서 먹으라고 했지!"

하루도 조용히 넘어가는 날이 없다. 아이들 엉덩이엔 작은 스프링이 붙어 있는 걸까. 정말이지 잠시도 가만히 있지 않는다. 그나마 밥을 다 먹기 전에는 의자 밑으로 내려올 수 없다는 아빠의 엄명이 있기에 돌아다니며 먹지는 않는다. 그러면 뭘 하나. 이리 들썩 저리 들썩. 어떻게 하면 엄마, 아빠의 눈을 피해 장난을 칠까 틈새를 노리는 조은산이다. 자신의 행동이 사람들을 웃게 한다는 확신이 들면 2차 시도를 노린다. 첫 번째 장난엔 어이가 없어 웃었지만 두 번째 장난엔 불호령이 떨어지기 마련. 그뿐만이 아니다. 자기가 좋아하는 반찬만 먹느라 결국 마지막엔 밥만 남는다. 하지만 무조건 밥그릇을 비워야 하기에 막판엔 밥만 입 속에 꾸역꾸역 쑤셔 넣는다. 드라마에서처럼 네 식구가 각자의 자리에 앉아 오순도순 웃음꽃을 피우는 모습은 거의 찾아보기 힘들다.

그에 비해 은설이는 못 먹는 게 없을 정도로 가리지 않고 다 잘 먹는다. 물론 가끔 먹기 싫은 반찬을 줄 때면 뱉어내기도 한다.

"조은설! 뱉으면 안 되지."

한 번 말하면 거의 대부분은 바로 고치는 조은설. 이렇게 바로 시정을 하는데 당연히 더 혼낼 이유가 없다. 그러다 보니 은설이에게는 뭔가 잘못된 부분이 있어도 큰소리를 잘 안 내게 된다. 보통 엄마, 아빠가 불을 뿜는 공룡이 될 때는 여러 번 얘기해도 말을 안 들을 때인데 은설이는 날 천사 엄마로 만들어준다.

물론 남자아이와 여자아이는 기본적으로 다른 점들이 많다. 그렇게 순했던 은산이도 본능적인 남자의 기질 때문인지 온몸을 활용해 집 안 곳곳을 누빈다. 그러다 보니 아끼는 장식품을 깨고, 물을 엎지르는 등의 일은 다반사다. 그래서 위험한 물건들을 다 치워 놓으면 소파에서 제 몸을 날려 여기저기 멍투성이로 만든다. 반면 은설이는 큰 움직임 없이 꼬물꼬물 논다. 작은 책상 하나 펴서 주면 그 위에 음식을 차리며 놀거나 원숭이 인형 재운다며 토닥토닥 자장가를 불러주니 모든 게 이상 무無. 마당이 없는 좁은 아파트 생활은 분명 남자아이들에겐 불리한 환경이다.

하루 종일 씨름하다 겨우 아이들을 재우고 쌕쌕거리는 숨

소리를 듣고 있는데 여러 생각들이 몰려왔다.

'오늘 산이만 너무 많이 혼냈나?'

주로 사건 사고는 은산이 주위로만 몰리다 보니 은산이를 혼내는 횟수가 더 많다. 그래서인지 요즘 부쩍 엄마, 아빠는 자기만 혼낸다며 투덜댄다. 남자는 더 몸을 쓰는 일이 많은데다, 첫째는 둘째보다 연령상 행동반경이 넓으니 그럴 수밖에 없는 건데 너무 '공평, 평등'만을 강조한 건가 하는 생각에 첫째한테 미안함이 한가득이다. 그래서 한동안은 일부러 은설이를 더 많이 혼냈다. 은산이는 세 번까지 봐주고 네 번째부터 혼냈다면, 은설이는 한 번만 잘못해도 꾸짖었다. 그러자 은산이는 엄마가 자기만 미워하는 게 아니라 동생도 잘못하면 똑같이 혼나는구나 하고 엄마인 나를 이해하기 시작했다.

여기까진 좋았다. 문제는 은설이다. 오빠는 세 번 잘못하면 혼나는데 왜 나는 한 번만 잘못해도 혼나야 되냐는 눈초리다. 서러움 가득 담긴 눈물을 뚝뚝 흘리며 내 품에 안긴다. 그런 날 밤이면 또다시 미안함과 함께 생각에 잠긴다.

'설이를 너무 많이 혼냈나?'

은산이한테 맞추자니 은설이가 울고, 은설이한테 맞추자니 은산이가 운다. 남녀평등에 맞추자니 각자의 개성을 무시하는 획일화가 되고, 개성을 존중하자니 상대적으로 피해를 보는 쪽이 생겨난다.

방송국에 입사한 후 가장 이해되지 않는 단어가 있었다. '기계적 중립'. 지금도 많은 사람들은 이 단어를 신주단지 모시듯 대하지만 난 그때나 지금이나 기계적 중립이란 존재할 수 없다고 생각한다. 모든 것에는 사람의 가치판단이 들어가는 것이 첫 번째 이유이고, 두 번째 이유는 하나의 점 안에도 무수한 점들의 도열이 존재하듯 0.000001이라도 한쪽으로 더 기울어질 수밖에 없다는 점이다. 그렇기 때문에 조금 더 힘이 없고 가진 게 없는 사람들의 입장에 서서 어떠한 사건을 바라봐야 한다는 게 나의 언론에 관한 가치관이다.

육아도 마찬가지가 아닐까. 기계적 중립은 문자로만 가능할 뿐 현실에선 불가능하다. 모든 건 다 사람이 하는 일이기 때문이다. 그래서 우리는 늘 고민해야 하고 판단에 신중을 기해야 한다. 오히려 고민 없이 기계적 판단을 내릴 때를 더욱 경계해야 한다.

북극을 가리키는 지남철은 무엇이 두려운지
항상 그 바늘 끝을 떨고 있다.
여윈 바늘 끝이 떨고 있는 한 그 지남철은

자기에게 지니워진 사명을 완수하려는 의사를
잊지 않고 있음이 분명하며
바늘이 가리키는 방향을 믿어서 좋다.
만일 그 바늘 끝이 불안스러워 보이는 전율을 멈추고
어느 한쪽에 고정될 때
우리는 그것을 버려야 한다.
이미 지남철이 아니기 때문이다.

신영복 선생님께서 소개하여 더욱 많이 알려진 글이다.

신영복 선생님은 내게 삶의 좌표이시다. 방송을 하며 수많은 유명 인사들을 만나고 알아왔지만 이분만큼 말과 글이 일치하는 분을 뵌 적이 없다. 지금은 고인이 되어 그저 사진 속에서, 글 속에서만 만나뵈어야 하지만 이상하리만치 선생님의 흔적은 내 삶 곳곳에서 보인다. 사회생활에 지칠 때, 남편과 싸웠을 때, 아이를 가르칠 때도 선생님께서 내게 해주신 말이 내 입을 통해 흘러나온다. 어느덧 선생님을 조금씩 닮아가고 있나 보다.

어느 날엔가 선생님께 일과 육아를 병행하느라 힘들다, 애들이 갈수록 말을 안 들어서 속상하다, 어느 장단에 맞춰야 할지 모르겠다는 등의 얘기를 했다. 처음엔 맞장구를 쳐주시더니 늘 그렇듯 슬그머니 한마디를 툭 던지셨다.

"불치병자가 밤중에 아기를 낳고 급히 불을 들어 살펴봤대요. 왜냐하면 아기가 자기를 닮았을까 두려워서였거든요."

이는 〈장자〉에 나오는 말이다. 보통은 하늘의 뜻에 거역하지 말라는 내용으로 풀이된다. 하지만 선생님은 각성, 엄정한 자기 성찰에 관한 내용이라고 해석하셨다. 선생님이 쓰신 『강의』에는 이렇게 적혀 있다.

> 내가 이 구절을 좋아하는 까닭은 문명론도 문명론이지만 자기반성을 이보다 더 절절하게 표현한 구절을 보지 못했기 때문입니다. 누구보다 '선생'들이 읽어야 할 구절이라고 생각합니다. 어쨌든 선생들은 결과적으로 자기를 배우라고 주장하는 사람이지요. 자신을 비판적으로 인식하거나 자기의 일그러진 모습을 정확하게 인식하기가 어려운 처지에 있기 때문이지요. 자기를 기준으로 남에게 잣대를 갖다 대는 한 자기반성은 불가능합니다. 자신의 미혹迷惑을 반성할 여지가 원천적으로 없어지는 것이지요.

대개는 '부모를 닮지 누구를 닮았겠어'로 끝낼 말을 선생님께선 이처럼 스스로 각성하게 만드셨고, 나아가 내 안에서 나만의 깨달음으로 곰삭을 수 있게 하셨다.

아이를 나무라기 전에 부모인 내가 똑같은 행동을 하고 있지는 않았는지 되돌아본다. 주의가 산만하고 밥 먹기 싫어하는 건 남편을 꼭 닮았고, 좋은 것이든 싫은 것이든 즉각적인 반응을 보이고 밥보다 군것질을 좋아하는 건 나를 꼭 닮았다. 불혹과 지천명을 바라보는 지금도 자도 자도 줄지 않는 잠은 남편과 나의 공통사항이니 피해갈 수 없다.

아이를 가만히 들여다보니 내가 보인다. 어른인 나도 매일 잘못과 반성을 거듭하는데 아이들은 오죽할까 싶다. 그래서 아이와 부모는 함께 자란다고 하나 보다. 아이는 나를 닮아가고 나는 아이를 보며 다시 내 모습을 반성한다. 우리는 원래 한 몸이었으니까.

은산아, 어른이 된다는 것은
엄마, 아빠의 존재가 점점 작아진다는 것을 뜻하기도 한단다

오늘 아침에 제거된 두 아가씨는 오로지
눈에 잘 띄지 않는다는 이유만으로 그렇게 됐어.
넌 살아야만 해.

-『황산』 중에서, 아멜리 노통브 저, 이상해 역, 문학세계사.

#.

"대중을 변화시킬 순 없겠지만, 적어도 처형을 면할 수는 있을 거야! 오늘 아침에 제거된 두 아가씨는 오로지 눈에 잘 띄지 않는다는 이유만으로 그렇게 됐어. 넌 살아야만 해. 사람들에겐 네가 필요해."

한창 방송을 하던 5,6년 차쯤 내 꿈속에 나온 말인 것 같다. 원래는 아멜리 노통브의 『황산』에 나오는 한 대목이지만.

하루가 다르게 변화하는 방송 트렌드. 그 속에서 느릿느릿

달팽이 같은 나는 그에 부합하지 못했다. 춤이든 노래든 사람들의 이목을 끌 수 있는 장기라도 있어야 연말 특집 방송에 출연할 텐데 내겐 그런 재주가 없었다. 어렸을 때 내 방 거울 앞에서 룰라의 〈날개 잃은 천사〉 춤을 추다가 엄마한테 들켜 웃음을 산 이후론 절대 사람들 앞에서 몸을 움직이지 않았다. 안 하는 게 아니라 못한다. 비록 대학 시절 노래패 활동을 하긴 했지만 단 한 번도 솔로 무대를 가져본 적이 없다. 마음은 언제나 솔로인데 내 자리는 항상 무대 뒤 악기 앞이었다. 아무리 연습을 해도 '라' 이상은 올라가지 않는 내 목소리를 탓해야지 누구를 탓하랴.

아멜리 노통브의 『황산』은 우연히 만나게 된 책이었다. 아멜리 노통브라는 작가에 대한 사전지식도 전혀 없었다. 그냥 조금 남는 여유 시간에 KBS 구내 서점에 들렀다가 나도 모르게 꺼내든 책이었다. 그러곤 단숨에 읽어버렸다. 눈에 잘 띄기 위해 치열한 경쟁을 해야 하는 방송환경에서 한숨만 푹푹 쉬던 나의 마음을 그대로 보여준 글이었다. 당시 나는 책의 마지막 장을 덮고 나서도 한참 동안 책상에서 일어서지 못했다.

'내가 이 소설 속 등장인물이었다면 벌써 처형됐겠지? 시청률을 올릴 만한 재주가 없으니까. 기이한 말과 행동이라도 해

서 카메라 앵글에 들어가야 하는데 당최 그게 돼야 말이지.'

그래서일까? 은연중에 내 아이들만큼은 날 닮지 않아 외향적인 아이이기를 바랐다. 남들 앞에 서는 걸 즐거워하고, 자기 의견을 피력하는 데에도 주저함이 없는 그런 아이 말이다. 그런데 내 기대는 누렇게 익은 벼가 낫에 싹둑 잘려나가듯 댕강 잘려버렸다.

몇 해 전 은산이와 함께 TV유치원에서 '엄마랑 동화랑'이라는 코너에 출연을 했다. 엄마인 내가 아이에게 동화를 읽어주고 이야기를 나누는 콘셉트이다. 일하는 엄마가 그나마 아이와 함께할 수 있는 시간이 확보된다는 생각에 출연을 결정했다. 제작진들은 아이가 과연 책을 읽는 4~5분 동안 돌아다니지 않고 한 자리에 앉아 집중할 수 있을지를 걱정했다. 은산이의 집중력은 나무랄 데 없었다. 하지만 엄마처럼, 또 눈에 띄지 않는 소설 속 저 인물들처럼 얌전하기만 했다. 방송이란 매체의 특성상 재미있는 장면을 만들어야 했지만 엄마도, 아이도 뻣뻣하기만 했다. 심지어는 여러 달 동안 매주 만났던 스태프 삼촌들을 길에서 만나도 그저 몸을 배배 꼴 뿐이다. 분명 삼촌이랑 눈이 마주치기 전까지는 호들갑을 떨며 삼촌 얘기를 했는데도 말이다.

아이의 숫기 없는 모습을 본 게 이번이 처음은 아니다. 쇼

핑을 하다 가게 점원이 예쁘다고 말을 걸면 내 치마 뒤로 숨어버리곤 했다. 그러곤 그 가게를 나올 때쯤 되어서야 방긋 웃으며 인사를 건네는 녀석이다. 어린이집에서 1년에 한 번씩 개최하는 가족음악회에선 나무처럼 우두커니 서서 무대배경이 되는 아이가 바로 은산이다. 어린이집 선생님 앞에서도 뭐가 그리 쑥스러운지 내 뒤로 숨는 일이 종종 있다. 배시시 웃으면서 말이다.

어릴 적 내성적이었던 난 외향적인 아이들이 참 부러웠다. 나도 무대에 올라가 노래도 잘 불러보고 싶었고, 좌중을 압도할 만큼 재미난 이야기로 친구를 웃게 하고도 싶었다. 하지만 내 입에서 나간 노래는 평범함 그 이상도, 이하도 아니었다. 이상하게 똑같은 이야기도 내가 하면 재미가 없었다. 그런 일이 반복되다 보니 더더욱 움츠러들고 소심해졌다. 수업 첫 시간에 장기자랑이라도 하라고 하면 고개를 책상에 푹 처박고 있었고, 발표는 선생님이 시켜 어쩔 수 없이 해야 할 때에만 했다. 이런 사람이 어떻게 아나운서가 됐을까? 내가 봐도 신기할 지경이다. 그나마 부끄럼쟁이 고민정이 사람들 앞에 나설 수 있었던 건 늘 응원해주고 자신감을 심어주는 시인 남편이 있었기 때문이다.

꽃도 꽃이 아니었으면
할 때가 있었으리라

이런 나의 경험들 때문인지 난 아이가 자신 없어 하고 쑥스러워하더라도 왜 그러냐고 타박하기보다 기다려주고 한 번이라도 더 칭찬해준다.

"은산아, 오늘 공연 정말 멋있었어. 울지 않고 씩씩하게 무대를 지켰잖아."

"괜찮아. 안 해도 돼. 다음에 하면 되지."

소심한 엄마가 이럴 땐 도움이 된다. 은산이의 마음을 이해하고 깊이 공감하기에 억지로 끌어내지 않는다. 눈에 띄지 않는 아이라고 해서 소설 속 이야기처럼 처형할 순 없다. 세상엔 눈에 띄는 사람들도 필요하지만 그렇지 않은 사람들도 반드시 필요한 법이니까.

세상엔 다양한 사람들이 있다. 조금만 건드려도 울음을 터트리는 사람, 한 가지에 몰두해 오타쿠 기질이 있는 사람, 혼자 있는 시간이 제일 행복한 사람, 사람들을 웃기지 않으면 못 참는 사람, 다른 사람들의 시선을 즐기는 사람 등 헤아릴 수 없을 정도로 많다. 하지만 많은 사람들이 공통적으로 원하는 유형은 리더십이 있고 유머감각도 있으며 명랑한 성격을 가진 사람이다. 마치 드라마 속 캐릭터처럼 말이다. 하지만 우리네 삶은 누군가 쓴 각본이 아니다. 대범한 사람이 있으면 소심한 사람도 있어야 하고, 유머감각이 넘치는 사람이 있으면 진지한 사람도 있어야 한다.

은산이는 숫기가 없는 아이가 아니라 세심한 성격을 가진 아이이다. 어디를 가든, 무엇을 하든 꼼꼼히 관찰한다. 그래서인지 책 속 캐릭터들도 두어 번만 보면 다 기억해내고, 집 안에 있는 물건들도 평소와 다른 곳에 위치해 있으면 이게 왜 여기 있느냐며 내게 묻곤 한다. 나도 발견하지 못한 것들까지도 말이다.

그리고 무척 조심성이 많은 녀석이다. 자석으로 된 장난감인 맥포머스로 자동차를 만들어주면 다른 아이들은 금세 손으로 팍 눌러 부수기 일쑤지만 은산이는 끝까지 잘 가지고 논다. 소꿉놀이 음료수병도 가벼운 플라스틱으로 만들어져 입으로 후 하고 불기만 해도 툭툭 쓰러지는데 은산이는 짜증 한 번 내지 않고 좋아한다. 오히려 조심스럽게 세우고 또 세우기를 반복한다.

또한 무언가에 집중하는 시간이 꽤 길다. 책은 주로 엄마나 아빠에게 읽어달라고 하긴 하지만 하루에 한 번씩은 꼭 혼자서 책을 본다. 누가 시킨 것도 아닌데 말이다. 그것도 앉은 자리에서 십수 권의 책을 꼼짝도 않고 읽어 내려간다. 그

때는 아무리 밥 먹는 게 급해도, 자야 할 시간이어도 간섭하지 않고 집중할 수 있도록 내버려 둔다. 그러면 대략 30~40분은 소리 내어 읽기도 했다가 눈으로만 보기도 했다가 하면서 자신만의 시간을 즐긴다. 아이가 수줍음이 많다는 걸 고치려고만 들었다면 이런 보물 같은 장점들은 발견하지 못했을 것이다.

부모의 역할은 아이에게 정답을 가르치는 일은 아닐 것이다. 성격은 어때야 하고, 무슨 직업을 가져야 하며, 친구는 누구를 만나야 하는지 가르쳐줘서도 안 되지만 그럴 필요도 없다. 그저 아이의 타고난 성격이 어떤지, 무슨 놀이를 할 때 가장 푹 빠지는지, 어떤 사람과 있을 때 가장 행복해하는지 지켜보기만 하면 된다.

이런저런 스케줄로 녹초가 되어 집에 들어온 날이었다. 안 자고 밖으로 나왔다고 아빠한테 혼날 것 같았는지 문틈으로 고개를 빠끔히 내미는 녀석. 괜찮으니 이리 나오라고 하자 내게 쪼르르 달려와 안긴다. 그러면서 좋아하는 사람에게 사랑 고백하듯 내 귀에 대고 속삭인다.

"엄마, 예쁘다~"

그러곤 힘들어 한숨을 푹 쉬는 내 모습을 놓치지 않고 내

볼에 쪽 하고 뽀뽀를 한다.

"엄마, 이제 기분 좋아?"

이런 게 세상을 다 가진 기분일까. 소심하긴 하지만 사람의 마음을 헤아릴 줄 아는 세심한 녀석이다. 내겐 누가 뭐래도 볼수록 매력적인 남자이다.

숲은 제아무리 허약한 구성원도
함부로 포기하거나 버리지 않는다.

-『나무 수업』 중에서, 페터 볼레벤 저, 장혜경 역, 이마.

2011년 새해에 대한 들뜬 마음이 채 가라앉기도 전이었다. 하루 종일 바쁜 일정으로 정신없이 보내다가 트위터를 열어봤는데 가슴이 덜컥 내려앉았다.

"최고은 작가 요절 충격… 남은 밥 좀 주오 유언"

단편영화 〈격정 소나타〉의 감독이자 시나리오 작가인 그녀는 서른두 살의 나이에 생활고를 이기지 못하고 쓸쓸히 생을 마감했다. 한 번도 만난 적 없는 사람이었지만 그녀의 죽음에서 난 내 남편 조기영 시인을 보았다. 연애시절 보게 된 그의 시에서 난 그녀가 겪었을 가난을 보았다.

시를 쓰던 어느 날 거짓말 한 번 있었습니다. 밥을 먹어야 하겠기에 돈을 벌러 나갔다가 주머니에 돈이 없어 같이 일했던 사람에게 급히 나오느라 지갑을 놓고 나왔으니 이천 원만 빌려달라 했습니다. 그 돈 빌려 집에 오는 길에 발걸음이 무거웠습니다…….

－〈시를 쓰며 산다는 것은〉 중에서, 조기영.

한참을 울었다. 짧고 쉬운 시였음에도 불구하고 자꾸만 눈앞이 뿌옇게 되어 책장을 넘길 수가 없었다. 그의 괴로움을 나만 몰랐던 것 같아 미안했고, 세상이 시인의 가치를 인정하지 않는 것 같아 화가 났다. 잊고 있었던 오래된 기억들이 그녀의 부고로 인해 부표처럼 마음 한가운데에 떠올랐다.

"남는 밥이랑 김치 있으면 저희 집 문 좀 두들겨주세요."

그녀가 쓴, 유언이 되어버린 쪽지의 내용이다. 만일 내가 시인 남편의 느티나무가 되지 않았다면 그 또한 비슷하지 않았을까. 가난한 길이라는 걸 알면서도 시인의 길을 택한 사람, 늘 배고팠지만 마음은 늘 풍요로운 사람, 자기 몸 하나 겨우 뉘일 옥탑 방에서도 별빛 같은 언어를 쏟아내던 사람, 이런 사람들을 왜 이 세상은 보호해주지 못하는 걸까. 분노와 슬픔이 교차한다.

그때부터였다. 예술인들에게도 복지가 필요하다는 생각. 물론 2011년에 일명 '최고은 법'이라 불리는 예술인복지법이 시행되었고 최근까지도 계속 개정안이 나오고는 있지만 갈 길이 멀다. 모든 복지 분야에서 똑같이 나오는 얘기겠지만 항상 문제는 예산이다. 그리고 그 주변에는 왜 그들에게 아까운 세금을 줘야 하냐며 반발하는 사람들이 있고, 복지가 권리인가 시혜인가에 대한 논란 또한 끊이지 않고 있다. 물론 개인적으론 우리 사회가 복지국가로 가야 한다는 생각은 확고하지만 역차별이라 말하는 이들에게 어떤 논리로 반박해야 할까? 그에 대한 답을 나무들에게서 얻었다. 페터 볼레벤이 쓴 『나무 수업』에는 이런 이야기가 적혀 있다.

너도밤나무가 우정을 나눌 줄 알고 심지어 서로에게 영양분을 공급하기도 한다는 사실은 앞에서도 이미 말한 바 있다. 숲은 제아무리 허약한 구성원도 함부로 포기하거나 버리지 않는다. 만일 그럴 경우 숲에 뻥뻥 구멍이 뚫릴 것이고, 어스름한 빛과 높은 습도를 갖춘 예민한 숲의 기후가 그 구멍 탓에 순식간에 엉망이 되고 말 것이다.

나무들은 안다. 튼튼한 나무가 허약한 나무를 포기하지 않는 것이 숲 전체를 살리는 일이고 결국엔 스스로를 살리는 일이라는 것을 말이다. 결국 우리는 나 자신을 위해서라도 사각지대에 있는 사람들의 손을 놓아선 안 된다. 예술가들이 생활고에 시달려 가슴을 울리는 작품을 만들지 않는다면 우린 삶에 지쳤을 때 누구에게 위로받을 수 있을까.

나무의 굵기는 달라도 모든 너도밤나무 동료들의 잎이 빛을 이용하여 생산하는 당의 양은 비슷비슷하다. 이런 균형과 조절은 지하에서 뿌리를 통해 일어난다. 그곳에서 활발한 교류가 일어나 많이 가진 자는 주고, 가난한 자는 친구의 도움을 받는다. 균류들 또한 거대한 네트워크를 이용하여 원활한 분배를 돕는다. 인간 사회의 복지 시스템이 생각나는 대목이다.

인간에게 '복지'라는 개념이 시작된 건 100년도 채 안 됐는데 너도밤나무는 이미 오래전부터 그렇게 살아오고 있었던 것이다. 역시 자연은 우리에게 참 많은 걸 가르쳐준다.

가장 작은 집단인 가족 안에서도 가진 자와 갖지 못한 자는 분명 존재한다. 말도 잘하고 온몸으로 모든 걸 해낼 수 있는 첫째 은산이, 그에 비해 아직은 자신의 요구를 제대로 표현하지 못하는 둘째 은설이.

은산이는 12월생이라 또래보다 키도, 몸집도 작지만 제법 야무진 녀석이다. 처음엔 어린이집에서 맞고 다니는 건 아닐까 걱정을 했다. 하지만 오히려 눈빛과 목소리로 친구들에게 존재감을 드러낸다는 이야기를 어린이집 선생님으로부터 들었다. 그렇게 강한 기세로 제압하는 녀석인데 웬일인지 자기보다 세 살이나 어린 동생한테는 매일 맞는다. 누군가 울어서 달려가 보면 대개 오빠 은산이가 울고 있다.

"은설이가 나 꼬집었어! 으앙~"

아직 은설이는 말로도, 힘으로도 오빠를 이길 수 없으니 일단 손이 먼저 올라간다. 그럴 때면 은산이는 눈빛과 목소리로 위협을 해보지만 세상물정 모르는 동생한테 먹힐 리 만무하다. 울고 있는 은산이에게 무슨 말로 위로를 해줘야 하나 혼란스러웠다. 똑같이 때려주라고 해야 하나? 아니다. 폭력은 또 다른 폭력을 낳을 뿐이다. 하지만 너도밤나무의 이야기를 접한 지금은 확신을 갖고 얘기해준다. 힘을 갖고 있는 사람은 힘이 없는 사람을 보호해야지 똑같이 때려선 안 된다고 말이다. 무언가를 안다는 것은 그 지식을 내 삶에서 재탄생시킬 때 지혜로 다시 태어나는 것 같다.

나무의 건강은 공동체와 떼려야 뗄 수 없는 관계다. 힘없는 나무들이 사라지면 건강하던 다른 나무들도 힘을 잃는다. 그들만의 왕국이던 숲으로 뜨거운 햇볕과 사나운 바람이 밀고 들어와 촉촉하고 서늘하던 숲의 기후를 뒤바꾸어 버릴 테니 말이다. 튼튼하고 건강한 나무도 살다 보면 아플 때가 있다. 그럴 때는 약한 이웃도 큰 도움이 된다.

만일 은산이가 동생을 힘으로 제압해버린다면 위계질서라는 게 생기면서 겉으로는 정돈된 듯 보일 것이다. 동생은 늘 오빠의 눈치를 보며 행동할 것이고, 또래집단에서 자기보다 작은 아이가 있으면 오빠에게서 당했듯 똑같이 때렸을 것이다. 하지만 그렇게 되면 가족이라는 숲은 점점 무너질 것이다. 소통은 사라지고 불신과 경계만 자라날 것이다. 조금 더 나이가 들어 은산이에게 이성문제가 생기거나 말 못할 고민이 있을 때 부모에게 털어놓지 않을 테니까. 친구들이 그 부분을 채워줄 수도 있겠지만 이미 사춘기를 지나온 어른이, 피와 살을 나눈 가족이 버팀목이 되어준다면 그 어떤 좌절도 두렵지 않을 것이다. 영원한 내 편이 있다는 것만으로도 무척 든든하다는 걸 겪어본 사람은 안다.

함께 가지 않으면

의미가 없어

"은산아, 이리 와. 은설이는 너보다 키도 작고 힘도 약해. 그러니까 은산이가 좀 참아줄래? 하지만 너보다 키도 크고 힘도 센 사람이 널 때리면 그때는 너도 무섭게 해야 해! 용감하게! 자기보다 힘이 약한 친구를 괴롭히는 건 비겁한 행동이야. 알았지? 그리고 엄마랑 강풀 아저씨가 쓴『얼음 땡!』봤지? 거기에서도 제일 게임도 못하고 힘도 약한 친구가 깍두기를 하잖아. 그런데 결국 그 깍두기가 주인공을 구해주는 거 기억나? 그 깍두기처럼 언젠가는 동생이 너를 도와줄 거야. 그러니까 은산이가 넓은 마음으로 동생을 용서해줄 수 있을까?"

너도밤나무 숲처럼 이 두 녀석도 그런 건강한 숲을 만들길 바랐다. 엄마의 이런 마음을 이해해서 그런 건지, 저 나무들처럼 원래 인간의 본능이 그런 건지는 모르겠지만 어느 날 은산이가 내게 다가와 살그머니 말을 건넨다.

"엄마, 용서해주자. 응?"

동생이 오빠를 때려서 혼내는 건데도 녀석은 오히려 동생을 두둔한다. 그리고 음식을 혼자 먹으려는 동생을 두고는 이렇게 말한다.

"같이 먹으면 더 맛있어, 은설아."

혼자서만 유아독존 살아가는 게 아니라 함께 나눠야 더 행복하다는 걸 아이는 알고 있는 것 같다.

돈이든, 힘이든, 많이 가진 이들이 그렇지 않은 이들에게 자신의 것을 나누는 건 시혜가 아니다. 자신이 살고 있는 세상을 더 건강하게 만들어 결국 자신이 더 행복하게 살기 위한, 나를 위한 행위이다. 자식에게 유산을 조금이라도 더 남겨주기 위해 돈을 모으듯 아이들이 더 아름다운 세상에서 살게 하기 위해 세상에 투자하는 것이다.

너도밤나무는 인간에게 단 한마디의 말도 건네지 않지만 수천 년의 세월을 통해 온몸으로 보여주고 있다. 겉으로 보이는 나뭇가지보다 더 넓게 얽혀 있는 거대한 뿌리로, 한 그루의 나무로서가 아닌 온갖 생태계가 공존하는 숲으로. 그러한 나무들의 언어를 사람의 언어로 이해하느냐 마느냐는 오로지 사람의 몫으로 남아 있다.

상선약수上善若水

최고의 선은 물과 같다.

-『도덕경』 중에서, 노자 저.

내가 어렸을 적엔 지금처럼 휘황찬란한 워터파크가 없었다. 그냥 네모난 수영장에 물 한가득 받아놓고 그 주위로 썬베드 대신 돗자리 하나씩 깔아놓는 게 다였다. 여자아이들은 빨갛고 노란 수영복에 조잡한 꽃들이 가득 붙어 있는 수영모자를 썼고, 남자아이들은 어두운 색깔의 헐렁한 사각수영복을 입었다. 지금처럼 몸에 딱 붙는 삼각수영복은 적어도 내 기억엔 없다. 조금 더 커서 텔레비전 속 연예인이 입고 나온 걸 보고 민망해했던 기억이 선명한 걸 보면 최소한 1980년대 말까지는 없었던 것 같다.

삼삼오오 모인 가족들은 집에서 만든 혹은 수영장 근처에서 사온 음식들을 두 손 가득 들고 수영장으로 입장했다. 그때 우리가 가장 자주 가지고 갔던, 그리고 내가 가장 좋아했던 메뉴는 양념통닭이었다. 간판이 있었는지조차 기억이 가물가물한 통닭집. 갓 잡은 닭으로 튀겨 나온 것만은 확실했다. 그 집 주위로는 항상 닭털들이 날렸고 조리되어 나온 닭에는 미처 다 뽑히지 않은 털들이 몇 가닥씩 발견되곤 했으니까. 그걸 뽑으며 싫은 내색을 하는 나를 향해 아빠는 토종닭을 갓 잡아서 그런 거라며 오히려 털을 찾기까지 하셨다. 어쨌든 내게 닭털은 너무 싫은 존재였지만 수영장에서 먹는 그 맛만큼은 꿀맛이었다. 수영장 물에 퉁퉁 불어 쪼글쪼글해진 손으로 그냥 땅바닥에 아무렇게나 주저앉아 먹던 그 양념통닭의 맛은 천상의 맛이었다. 거기에 엄마가 준비해온 수박을 한 입씩 베어 물면 그야말로 최고의 피서였다. 수영도 못하고 심지어 물을 무서워하는 나였지만 해가 뉘엿뉘엿 질 때까지 시간 가는 줄도 모르고 놀았다.

사실 난 물을 참 무서워한다. 아마 다섯 살 때쯤이었던 것 같다. 온 가족이 실내수영장으로 놀러 갔는데 오빠들과 다섯 살, 여덟 살 차이가 났던 나는 오빠들과 함께 어울릴 수가 없

엄마는 너희들이 물처럼 살았으면 한단다

었다. 아니 그보다는 오빠들이 날 끼어주지 않았다고 하는 게 더 맞을 것이다. 하지만 그럴수록 난 더 오빠들 뒤를 졸졸 따라다녔다. 그렇게 새끼오리처럼 오빠들 뒤만 따르다가 그만 정신없이 뛰어다니던 다른 무리의 아이들이 실수로 나를 물에 빠뜨리고 만 것이다. 당연히 물의 깊이는 내 키를 훌쩍 넘었고 수영도 할 줄 모르던 난, 엄청난 양의 물을 마시며 허우적거렸다. 잠시 한눈을 판 사이 딸이 없어진 걸 안 엄마가 달려오셨고, 아직도 누가 내 생명의 은인인지는 모르겠지만 잠시 후 물 밖으로 건져진 난 사람들에게 둘러싸여 숨을 헐떡였다. 그때의 두려움은 평생을 따라다녔고 수영장에 들어가서 바닥이 조금이라도 발에 닿지 않으면 기겁을 하며 뛰쳐나왔다.

그랬던 내가 물에 대한 트라우마를 깬 건 방송국 5년 차 때 남편과 함께 떠난 중국에서였다. 한국에 있을 땐 고등학생이 된 이후 단 한 번도 입지 않았던 수영복을 입고 수영을 배우기 시작했다. 몸매에 큰 콤플렉스를 갖고 있던 난 수영복 입는 것 자체를 꺼리다 못해 몸서리치게 싫어했고 아는 이들과 목욕탕에 가는 것조차 거부했다. 심지어 가족들이 물놀이를 가면 난 굳이 근처 바닷가를 걷겠다는 둥, 누군가 날 알아보고 찍을지도 모른다는 둥 어떤 핑계를 만들어서라도 들어가지 않았다. 그랬던 내가 수영장에 내 발로 들어섰다는 건 대단한 변화였고 결심이었다.

나 말고도 물을 무척이나 싫어하는 사람이 있었으니 바로 지금 같이 살고 있는 남편이다. 내가 통통한 몸을 보여주기 싫어 수영장을 가지 않는다면, 그는 마른 몸을 보여주기 싫어 물에 가지 않던 사람이다. 우린 6년을 연애하면서 바닷가를 거닌 적은 많지만 바다에 몸을 담근 적은 한 번도 없으니 이것도 천생연분이라고 해야 하나. 하지만 우리 두 부부가 수영을 배우기로 결심한 데에는 나름의 이유가 있었다. 당시에는 아이가 없었지만 만에 하나 우리 아이들이 물에 빠지게 되면 구할 수 있어야 되지 않겠냐는 마음 때문이었다. 그야말로 앞으로 태어날 아이의 생명을 보호하기 위한 예비부모로서의 준비였던 셈이다.

수영강습을 위해 중국 수영장에 첫발을 내딛었을 때 우린 서로의 모습을 보며 터져 나오는 웃음을 참지 못했다.

"이래서 당신이 수영장 오는 걸 싫어했구나~ 하하하."

누가 보든 상관없었다. 어차피 여긴 외국이니까. 우리가 무슨 말을 해도 이들은 한국말을 알아듣지 못할 테니까. 올록볼록 엠보싱처럼 튀어나온 살과 뼈마디가 앙상하게 드러난 실루엣을 대조적으로 갖고 있던 우리는 일단 수영장에 발을 들여놓았다는 것만으로도 큰일 했다며 뿌듯해했다. 두 사람 다

중국말이 서툴러 배우는 속도는 조금 느렸지만 한국에 돌아가기 전에 최소한 물에는 떠야 한다는 생각에 안면몰수하고 열심히 선생님을 따라했다.

"어! 어! 나도 앞으로 나간다!"

두 사람 다 평생 처음으로 기구의 도움 없이 물에서 떴으니 어찌 기쁘지 아니하랴. 겨우 1미터 전진했을 뿐인데도 그렇게 신날 수가 없었다. 발이 땅에 닿지 않았는데도 물을 먹지 않아도 된다는 게 너무 신기했고, 이제 우리의 아이를 물에서 구할 수 있다는 생각에 뿌듯했다. 이렇게 수영이 재미있는 건 줄 진작 알았더라면 부끄러움을 무릅쓰고서라도 진작에 배울 걸 얼마나 후회했는지 모른다.

이후 은산이가 태어났고 우리는 은산이가 과연 물을 좋아할까 무서워할까 무척이나 궁금했다. 아기가 태어나면 자신의 가장 자신 없어 하는 부분을 닮았는지 찾아본다는 말처럼 말이다. 부디 닮지 않기를 바라면서.

은산이가 돌이 채 되기도 전에 워터파크에 갔다. 교육을 받기 전 본능적인 감각이 어떻게 반응하는지 궁금했다. 그런데 아니나 다를까. 아이는 부모의 못난 부분만 닮는다더니 물 앞에서 연신 시무룩한 은산이다. 녀석은 물속에서도 눈만 끔뻑

최고의 선은 물과 같다

끔뻑. 심지어는 물 밖으로 나가겠다는 아이를 몇 번이나 억지로 물속으로 데리고 들어갔는지 모른다. 밖에서는 잠시도 가만히 있지 않는 녀석인데도 물에만 들어가면 온몸이 굳어버린다. 움직이지 않으니 금세 입술이 파래지는 건 물론이다. 둘째 은설이는 조금 다를 줄 알았다. 목욕할 때도 거부감이 없길래 내심 기대했는데 오빠보다 조금 덜 긴장하긴 하지만 오십보 백보다. 같이 갔던 한 아이는 물 만난 고기라는 말이 딱 어울릴 만큼 좋아서 입이 다물어지지 않던데 두 녀석은 돌처럼 굳어버렸다. 속일 수 없는 DNA의 위력을 느끼는 순간이었다.

사실 물을 생각하면 항상 떠오르는 구절이 있다. 노자가 쓴 『도덕경』에 나오는 글이다. 항상 마음에 품고 있는 내 삶의 지향점이기도 하다.

上善若水 水善利萬物 而不爭 處衆人之所惡 故幾於道

(상선약수 수선리만물 이부쟁 처중인지소오 고기어도)

최고의 선은 물과 같다. 물은 선하여 만물을 이롭게 하면서도 다투지 않는다. 또한 사람들이 싫어하는 낮은 곳에 자리한다. 그러므로 물은 도에 가장 가까운 존재이다.

나의 가치관은 남편의 그것과 만나 화학 반응을 일으키며 하나의 가치관으로 정립되었다. 이렇게 세워진 가치관은 곧 한 집안의 가풍이 되고, 가족들은 특별히 의도하지 않아도 그 방향으로 흘러가게 된다. 아이들에게 어떤 삶을 강요하고 싶지는 않다. 성적도, 학교도, 직업도, 사랑도, 그 어느 것 하나도 부모라는 권력으로 정해줄 생각은 없다. 하지만 단 하나, 아이들에게 바라는 점은 있다. 바로 물처럼 살았으면 하는 것이다.

산이, 설이에게

엄마는 너희들이 물처럼 살았으면 한단다.

물은 항상 높은 곳에서 낮은 곳으로 흐른단다. 그처럼 산이도, 설이도 항상 자신을 낮추며 겸손을 아는 사람이었으면 한단다. 진정으로 높은 사람은 절대 자기 스스로를 높이지 않는단다. 그렇게 해서 높아진 자리는 당장 좋아 보일지는 모르겠지만 그건 모래 위에 쌓은 성처럼 금방 무너져버린단다. 나의 자리는 다른 사람에 의해 높아지는 것이란다. 자신을 낮출수록 사람들은 너를 높여줄 것이고 그러한 자리는 거센 비바람이 불어도 쉬 무너지지 않는단다.

그리고 물은 제자리에 머무르지 않고 계속 흘러간단다. 작은 골짜기의 물이 폭포를 만나고 강으로 흘러 마침내 바다로 향하지. 그저 한 곳에 고여 있기만 한 물은 이내 썩어버리고 만단다. 그렇게 작은 물이 거대한 바다를 만나기까지 그저 혼자 흘러가기만 하는 게 아니라 만나는 모든 만물에게 생명을 준단다. 너희도 나중에 어른이 되어 무슨 일을 하게 될지 모르겠지만 단 한 사람에게라도 생명과 같은 희망과 기쁨을 주는 사람이었으면 좋겠구나. 그러면서도 그저 지금의 자리가 편하다고 해서 그곳에 주저앉는 게 아니라 끊임없이 새로운 길을 찾아 떠날 수 있는 용기가 있었으면 한단다. 그렇게 자리를 털고 일어난 사람만이 거대한 바다를 만날 수 있는 거란다.

물은 거대한 바위를 만나면 그걸 부수기보다는 돌아서 간단다. 하지만 수만, 수억 번의 물질로 거대한 바위를 작은 모래알갱이로 만들어버린단다. 평상시에는 유순한 모습으로 산천을 굽이쳐 흐르지만 가끔은 거대한 파도를 만들어 모든 걸 휩쓸어버리기도 한단다. 그처럼 함께 살아가야 할 사람들에겐 유순하지만 분노해야 할 땐 분노할 줄 아는 사람이었으면 좋겠다. 자신만을 위한 분노는 스스로를 갉아먹지만 다른 사람들을 위한 분노는 모두를 하나로 만든단다. 뿐만 아니라 너희가 살아가면서 그들은 피를 나눈 형제 이상으로 너희에게 큰 힘이 되어줄 것이다.

어쩌면 이 말은 나 자신에게 하는 말이기도 하다. 부모는 아이를 낳으면서 또 한 번 성장한다. 아이라는 훌륭한 선생님을 만나 깨달음을 얻을 수 있기 때문이다. 아이에게 무엇을 가르칠까, 아이를 어떻게 키워야 하나와 같은 고민들은 결국 스스로에게 끝없는 질문을 던지는 것과 같다. 훌륭한 부모 밑에선 훌륭한 아이가 자라고, 훌륭한 아이는 훌륭한 부모를 만든다. 결국 우리는 함께 성장하고 있다.

그의 이야기

PART 4

긴긴 기다림 끝에 그녀가 내게로 왔다

논리의 체계는 존재할 수 없다.
그러나 인생의 체계는 존재하지 않는다.

-키에르케고르

서른에 그녀를 처음 보았고, 다음해 만남이 시작되었다. 내 스물아홉 번의 가을은 주인 없는 가을 하늘처럼 투명하게 비어 있었다. 서른을 앞에 두고 '아, 내가 혼자 살 수도 있겠구나'라는 말을 하고 있는 나를 보았다. '그것은 버틸 수 있겠니?'라는 물음과 짝을 이루고 있었다. 외로움이 한때 지나가는 조금 긴 다리가 아니라 끝이 없는 긴 터널일 수도 있다는 생각을 하게 된 스물아홉 가을. 스물아홉 해도 버거웠는데 일생을 기약 없이 홀로 버텨야 한다는 생각은 서러웠다. 그래서.

내 가슴엔 그녀의
미소로 지은 집이 있다

서러움을 덜어보기 위해 어디든 다녀오기로 했다. 스물아홉 마지막 달 마지막 날의 무박 2일 동해 일출 여행. 여행이라기보다는 관광에 가까웠지만 아무래도 상관없었다. 어딘가에 외로움을, 서러움을 조금이나마 덜어놓을 수만 있다면. 12월 31일 오후 늦게 관광버스에 몸을 실었다. 삼삼오오 설렘 가득한 얼굴들이 버스를 채웠다. 그런데, 모두 짝이 있었다. 모두, 일행이 있었다. 감정이 앞섰던 여행, 모두 동행이 있으리라는 생각은 미처 하지 못하고 있던 터였다. 버스에 홀로 앉아 있는 이는 나와 가이드, 운전기사뿐. 자리는 44번. 인원 점검을 마친 가이드가 옆 45번 자리에 털썩 주저앉을 때, 소박했던 내 희망사항에 의자를 빠져나가던 공기처럼 김새는 소리가 들려오고 있었다. 출발도 안 한 여행, 외로움을 덜어보고자 했던 여정은 시작부터 외로움이 나부끼고 있었다. 그리고.

1998년 봄. 과 전체 엠티. 졸업한 선배들은 과 전체 엠티에 놀러 가는 것을 전통처럼 이어가고 있었다. 가끔 인생은 돌연 방향 전환을 시도하기도 하는데 그날이 아마 그때였을 것이다. 외로움이 일생 동안 외로움이면, 그리움이 일생 동안 그리움이면, 서러움이 일생 동안 서러움이면 너무 가혹하지 않은가. 그날 엠티에서 그녀를 본 건 그러니까 긴 외로움이 추락을 거듭하다 바닥을 차고 날아오른 이카로스의 날갯짓 같은 것이었다. 희망이라기보다는 욕심에 가까운 것이었지만 첫눈에 홀딱 반한 가슴은 일단 끓기 시작했다. 외로움이 그리움으로 옷을 갈아입었다. 인연의 끈이라고는 그녀가 과 후배라는 것뿐. 그녀와 나 사이에 놓인 11년의 세월과 생활 공간, 그리고 그보다 더 멀어 보이던 심리적 거리. 모든 것이 불가능하다고 말하고 있었다. 그래도.

학교에 가보았다. 모든 기대와 설렘과 혹시 있을지도 모를 절망의 가능성까지 안고서. 먼저 들른 곳은 단과대학 노래패. 덧붙이자면 단과대학 민중가요 노래패인 '작은 연못'. 요즘은 듣기 쉬운 말이 아니지만 그때만 해도 동아리의 성격을 선명하게 보여주는 말이었다. 작은 연못이라는 동아리에 관심이 커진 것은 1996년 연세대 사태 때문이었다. 연세대 사태는 수천 명이 연행되고, 체포되고, 구속되면서 지면을 역사상 최대라는 수식어로 장식했던, 당시 온 나라가 떠들썩했던 시국 사건이었다. 사건 규모가 크다 보니 내가 몸담았던 단과대학에까지 영향을 미쳤는데 그때 새내기부터 선배들까지 유독 참여자가 많았던 곳이 작은 연못이었다. 상처가 컸다. 조금이나마 아픔을 어루만져주고자 선배들이 애를 썼다. 나도 그중 하나였다. 그런 연유로 나는 작은 연못 후배들과 만남을 이어오고 있었다. 그런데.

그녀가, 마음에 불을 지른 그녀가 동아리방으로 턱하니 들어오는 게 아닌가. 전혀 예기치 못한 상황이었다. 가슴을 두드리는 심장 소리, 쿵쾅거리는 심장 소리가 넘쳐 옆 사람 귀로 흘러들 것만 같았다. 3학년 후배가 그녀를 끌어다 인사를 시켰다. 며칠 만에 다시 본 그녀, 열병의 발원지, 그녀가 내 앞에서 웃고 있었다. 어떤 조치가, 치료가 필요했다. 하지만.

나이를 생각하면 그것이 무엇이든 감히 실행에 옮기기가 쉽지 않았다. 열한 살 차. 설사 활동 공간이 같다 해도 쉽게 넘을 수 있는 개울이 아니었다. 그러나 가슴에 불을 당긴 사람을 마냥 보고만 있을 수는 없었다. 꽉 막힌 길에서도 오토바이는 다니고, 자전거는 좁은 길도 탓하지 않는 법. 마침 동아리 엠티가 예정되어 있었다. 장소는 미정. 슬그머니 숟가락을 들었다. 청년회에서 엠티를 다녀왔던 곳으로 장소를 추천했다. 남한강과 북한강이 만나는 두물머리 근처 능내였다. 그리고.

동아리 회장의 운명적인 한마디가 이어졌다.

"오빠도 같이 가요!"

선배가 아닌 오빠라는 단어는 친근함에서 얼마나 다른가. 동아리 회장이 엠티에 같이 갈 것을 권하고 있었다. 세월의

외로움으로 흘러내리던 날들 끝에
그녀가 찾아왔다

간극을 적어도 5, 6년은 좁혀주는 오빠라는 단어를 흘리며. 이게 웬 떡, 이냐고 생각했지만 바로 물 수는 없었다. 이어진 형식적 회피.

"에이, 뭘."

다행히 이어진 후배들의 추동.

"에이, 같이 가요!"

마지못한 듯한 승낙.

"그럼, 같이 가, 갈까?"

그 자리에 있던 누구도 상상조차 하지 못했을 내 회심의 미소를 지금도 기억한다. 첫 단추는 일단 그렇게 꿰어졌다. 그러나.

이후로도 1년이라는 시간이 그리움으로 길게 이어졌다. 몇 번인가 학교에 들렀다. 그녀는 차기 회장감이라는 기대를 한 몸에 받으며 동아리 핵심 구성원으로 성장해가고 있었다. 그런 그녀를 지켜보는 건 한편으로는 기쁨이었고, 다른 한편으로는 고통이었다. 어느 날 음반 가게 앞에서 나도 모르게 걸음을 멈추고 한참을 서서 들었던 노래가 있다. 생애 처음으로 거리에서 누군가를 생각하며 들었던 노래.

'혼자 있어도 난 슬프지 않아. 할 말은 눈물뿐이라서. 하루하루 지나가면 잊을 수 있을까.'

한동안 그녀를 생각하며 조용히 그 노래를 읊조리곤 했다. 후에 알게 된 그 노래는 타샤니의 〈하루하루〉. 서른 번의 가을을 점령했던 고독 중 가장 높은 밀도의 고독이 밀려오고 있었다.

당시 없는 살림에 구독하고 있던 시사주간지가 있었다. 기억이 맞다면 그 무렵 어느 호엔가 등대지기에 관한 기사가 실려 있었다. 등대지기의 일과 애환 같은 예측 가능한 기사에 새로 등대지기를 구하는데 외로움을 견디기 힘들어서인지 아무도 나서지 않는다는 내용이었다. 마치 나 보라는 기사인 듯했다. 스물아홉 번의 가을을 혼자 견뎌온 풍부한(?) 경험, 종일 홀로 있어도, 일주일을 두문불출해도 스트레스가 없고, 한없이 자연에 가까운 촌놈. 월급까지 준다니 꿩 먹고 알 먹고, 일석이조가 아닌가. 시인과 등대지기는 썩 잘 어울려 보이기까지 했다. 그러나.

사랑을 두고 뒷걸음질 칠 수는 없었다. 생의 처음이자 마지막이 될지도 모르는 사랑. 만약 그녀가 나타나지 않았다면, 그녀를 마음에 두지 않았다면, 나는 서울 생활을 정리하고 내려가 등대 하나로 바다를 태우며 고독의 깊이를 재고 있었으리라. 아마도.

인간의 삶은 유한하고, 세월은, 시간은 영원하다. 고독은 세월의 그늘에, 시간의 여백에 놓여 있는 의자와 같은 것. 의자는 영원히 비어 있기 위해 놓여 있는 것이 아니라 누군가 앉기를 간절히 희망하는 자리. 내 의자에는 지금 그녀가 앉아 있다. 내 생애 커다란 행운이 아닐 수 없다. 요즘 보니 서른 번을 홀로 견딘 가을은 고독의 유적으로 곳곳에 시가 되어 박혀 있었다. 고독에 관한, 가을에 관한 시들이 유독 많은 것을 보며 새삼 내가 많이 힘들었구나, 하며 웃었다. 스물아홉 청춘의 몸뚱이엔 아마 사리가 앉아 있었을 거라고 말하면 스님들은 웃을까. 즉답은 피해도 미소는 보내주시리라.

유한한 인간은 영원을 꿈꾸며 영원에 도달하려는 노력을 멈추지 않는다. 사랑과 예술은 그 노력의 증거. 사랑과 예술로 빚어낸 향기를 맡다 보면 인간이 영원에 이르는 길에 들어선 듯도 하다. 사랑은, 예술은 고난과 고독과 고통을 짜낸 기름이어서 고난이 클수록, 고독이, 고통이 깊을수록 진한 향기를 낸다. 고독은 외로움의 통증이며 그리움은 기다림의 통증이니 여기에 서른 번의 가을, 길었던 통증의 흔적 하나를 남긴다.

가을

가을 공항에 고독이 착륙했다

바람, 당신이라는 바람이 내게로 불어왔다

저 파란 하늘에는 당신의 미소를 베고 누워 벗어놓은 시가 있다

구름은 당신의 재처럼 떠도는데

그리움이 넘어지면 바람이 될 거라던 당신은

당신이었다가

당신이 아니었다가

바람이 얇게 고독을 썰어 낙엽에 담는다

오후 네시, 바람이 흘린 당신의 이름을 커피로 저으면

고독의 유적처럼 말이 없는 당신은

가을이었다가

가을이 아니었다가

운명은 장님이다.

-에우리피데스

그녀가 동아리 회장이 될 무렵 가끔 통화를 했다. 전화가 가능했던 것은 당시 동아리 회장이 그녀의 무선호출기 번호를 내게 건네주었기 때문이다. 회장은 내게 그녀를 잘 부탁한다고 했다. 부탁이란 그녀가 차기 회장이 되도록 거들어 달라는 말이요, 회장이 되거든 직무를 잘 수행할 수 있도록 조언을 해달라는 말. 회장은 그녀가 회장 자리를 이어받았으면 하는 바람을 갖고 있었다. 두말이 필요 없었다. 열한 살 차 선배가 새내기에게 흑심을 품고 있으리라는 상상은 차원이 다른 세계이기도 해서 회장은 내 열병을 짐작조차 하지 못하고 있었다.

나이 차 때문에 가끔씩 그녀의 어머니와 내 나이의 거리를 가늠해본 적이 있었다. 만약 그녀가 장녀라면 그녀의 어머니는 내게 몇 살 위의 누님. 어머니 같은 장모와 누님 같은 장모. 전자가 희망사항이었다면 후자는 사실상 그녀를 포기하라는 말과 같았다. 그런데 어느 날 그녀가 오빠들과 나이 차가 많다고 했다. 큰오빠와는 여덟 살 차, 작은오빠와는 다섯 살 차가 난다고 그녀가 전화기 너머에서 무심코 일급 비밀(?)을 흘렸다. 순간 나는 '그래, 됐어!'를 속으로 외치며 주먹을 불끈 쥐었다. 마음 한쪽에 불안하게 남아 있던 장애물 하나가 전화기 이쪽 사내 앞에서 스르르 녹고 있었다. 나는 그 한마디를 연애를 시작하라는 운명의 신호로 받아들였다.

물론 전에도 긍정적인 징후들이 포착되기는 했다. 추석 때였다. 그녀에게 연휴 때 심심하면 퀴즈나 풀어보라며 내가 보던 시사주간지를 전해주고 고향으로 내려왔다. 당시 그 주간지는 한가위 때 몇 단계의 퀴즈를 내 문제를 풀어내는 독자들에게 책부터 경차까지 푸짐한 경품들을 내걸고는 했다. 고향에 내려와 송편을 빚은 뒤 저녁을 먹고 쉬고 있는데 전화가 걸려왔다. 그녀에게서! 주간지를 주면서도 그녀가 퀴즈를 맞춰보려 내게 전화를 걸 것이라는 생각까지는 못하고 있던 차였다. 우리는 가족들이 텔레비전을 보고 있는 방구석에 쪼그리고 앉아 유선 전화기를 붙들고 연인인 듯도 하고 연인이 아닌 듯도 한 상대와 낱말 퀴즈를 푸는 모습을 연출해내고 있었다.

그리고 1999년 2월 3일. 그녀의 선배와 동기, 전임 회장 등과 그녀의 회장 당선 축하 모임을 갖기로 했다. 아직 겨울 바람이 거리를 배회하고 있던 때였다. 약속 장소는 탑골공원 앞. 약속 장소가 그곳이었던 것은 시위 다니느라 모두들 익숙해서였을 것이다. 시간은 오후 여섯시. 시간에 맞춰 그곳으로 향했다. 그런데 약속 장소에 나타난 것은 그녀뿐이었다. 그날따라 모두 술병이 났거나, 집에 급한 일이 생겼거나, 행방이 묘연한 상태였다. 운명이 내게 미소를 지어주는 듯했다. 나는 속으로 환호성을 질렀다. 아니 만세를 불렀던가. 우주로 향하는 비밀의 문이 열리고 있었다. 그러나 얼굴로는 짐짓 아쉬운 듯한 표정을 내보냈다. 홀로 나타나 미안해하던 그녀와 저녁을 먹고, 차를 마셨다. 구름 위의 저녁식사요, 구름 이슬을 따라 마시는 차였다. 찻집에서 준비해온 소설 『태백산맥』을 건넸다. 열 권짜리 책 중 한 권을 건넸으니 앞으로 아홉 번은 더 만날 수 있겠지, 하는 욕심으로 건네준 것이었다. 아마도 그녀의 독서는 그렇게 시작되었던 듯하다. 그 첫 만남을 기

내 시선의 끝에는 항상 그녀를 걸어놓았다

념하기 위해 우리는 2월 3일을 우리의 공식 기념일로 지정하였다. 10월 9일 결혼기념일과 함께.

첫 만남은 두 번째 만남을 꿈꾸게 하는 법. 궁리 끝에 2월 14일 너머 3월 14일을 목표 날짜로 잡았다. 이름하여 화이트데이. 국적불명, 정체불명의 그날을 데이트 날짜로 잡은 것은 무엇보다 마음을 드러내기 자연스러웠기 때문일 것이다. 남자가 여자에게 마음을 표할 수 있는 날이라니! 이보다 더 좋은 기회도 없었다. 하지만 그만큼의 위험도 따랐다. 거절은 곧 미래가 없는 절벽. 나락으로 떨어지는 것을 각오해야 했다. 한 해를 지켜보며 언뜻언뜻 내 마음을 드러내고 있던 때. 한 번쯤 욕심을 내볼 때도 되었다는 판단이 주저하는 나를 자꾸 부추겼다. 해봐, 해봐, 해봐. 남자답게!(남자답게가 무슨 소용!) 그 정도 위험쯤은 감수해야 되는 거 아냐? 내 나이 이미 서른하나. 그러나 데이트 신청에 서른 해를 갈아먹은 나이는 아무런 역할을 하지 못했다. 사랑 앞에 나이는 부질없는 숫자. 망설이고, 망설이고, 망설이다 전화기를 들었다. 3월 13일, 막노동 현장에서 돌아온 밤. 예상되는 상황에 내가 쳐야 할 대사까지 연극 대본처럼 몇 차례 연습을 거듭한 뒤였다. 삐삐 번호를 누르는 손도, 마음도 떨고 있었다. 호출 후 전화기가 침묵을 먹는 시간이 길어질수록 기대보다 불안감이 커졌다.

시간이 얼마나 흘렀을까. 전화벨이 울렸다. 그녀였다! 그녀임이 확인되는 순간 심장이 펌프질을 시작했다. 대사 연습까지 했으면서도 막상 그녀 목소리가 흘러나오자 나는 허둥대기 시작했다. 갑자기 형광등이 꺼진 듯 연극 대본 대사가 보이지 않았다. 허둥지둥 나는 맨 뒤쪽에 대기시켜 놓았던, 의도가 적나라하게 드러난 대사를 허겁지겁 내뱉고 말았다.

"내일 화이트데이라는데 뭐 해?"

무턱대고 직진! 이런 뇌가 녹아버린 남자라니!

'바보 같은! 그게 아니잖아!'

뱉어놓고 당황한 나는 머리를 쥐어박고 있었다. 그때.

"아무 일 없어요, 왜요?"

마치 다시 해보라는 듯 꽤 괜찮은 대답이 건너왔다. 홀연 먹구름이 개고 있었다. 저쪽에서 긍정적 반응을 보이자 이쪽 방이 다시 환해졌다. 대사가 보였다. 그래, 그래, 심호흡을 좀 하고. 그러나 이미 엎질러진 물. 이제는 빙빙 돌아갈 길이 아닌 듯했다. 다시 직진.

"내일 능내나 갈까 하는데 같이 갈래?"

운명의 갈림길. 절벽이냐 환호냐 하는. 전화기를 타고 근사한 답이 건너왔다.

"그래요."

마치 내일이 무슨 날인지 모른다는 투의 무심한 대답. 나는 전화기를 들고 펄쩍펄쩍 뛰며 옥탑 방 밤하늘을 날아가고 있었다.

데이트는 달콤했다. 능내에서 선물을 건네고, 밥을 먹고, 강가를 거닐었다. 서울로 돌아오는 길에는 부슬부슬 가랑비가 내렸다. 우산 아래 그녀의 어깨를 감싸보라는 듯. 떨면서도 아닌 척 우산을 펴 자연스럽게 그녀의 어깨를 손으로 감쌌다. 아무것도 모르는 그녀의 어깨가 욕심 많은 나무꾼 왼팔 안쪽으로 감기고 있었다. 이쯤 되면 뺨을 꼬집어봐야 할 지경이었다.

버스 안에서 옆에 앉은 그녀가 졸린 눈으로 어깨에 머리를 기댔다. 아직 찍지 않은 영화의 한 장면처럼. 그녀가 깨지 않도록 움직이지 않으려 애를 썼다. 순수한 태도, 촌스런 자세의 나무꾼이었지만 사내는 사내. 한발 더 내디뎌보려는 욕망이 꿈틀거렸다. 망설임 끝에 그녀의 손등에 슬쩍 손을 올렸다. 우연이라는 듯. 그녀는 가만히 눈을 감고 있었다. 그날을 기록한 일기에는 내 생애 가장 행복했던 하루, 라고 썼다.

며칠 후. 다시 그녀를 만났다. 그런데 표정이 시무룩했다.

소설 『달의 뒤편』에 잠시 그 상황을 그려놓았다. 이것은 소설인 동시에 실제 상황?

"엄마한테 혼났어요."

막 만남을 갖기 시작한 터여서 나는 그녀의 말 한마디에도 당황하기 일쑤였다. 눈썹과 눈꺼풀을 동시에 들어올리며 내가 물었다.

"아니, 왜?"

"오빠가 준 선물 때문에요."

"선물 때문에?"

"네. 호두 껍데기에 귀고리 넣어줬잖아요."

호두 껍데기 속에서 무슨 일이 일어날 수 있을지를 상상해보았다. 그런데 그 작은 껍데기 안에서 일어날 수 있는 일들을 생각해내기는 쉽지 않았다. 무슨 일이 일어난다는 것 자체가 불가능해 보였다. 선물로 넣은 귀고리는 고민 끝에 고른 것이었다. 귀고리 모양을 떠올려보았다.

"왜, 귀고리가 마음에 안 드는 거야?"

"아니요, 귀고리가 아니라 호두 껍데기 때문에요."

그녀는 그렇게 말하고는 피식 웃으며 눈을 피했다. 데이트 신청을 하던 날 내 방에는 청년회에서 부럼으로 나눠준 호두

웃음에도 준비가 필요하다
사랑에도 준비가 필요하듯…

가 놓여 있었다. 호두 속을 파낸 자리에 귀고리를 넣어 선물하면 어떨까 하다 괜찮은 생각이라고 스스로 칭찬까지 하며 귀고리와 과자를 사왔다. 귀고리는 새끼손가락이 들어갈 만한 동그란 원형에 깨알만 한 큐빅이 하나씩 박혀 있는 것이었다. 호두에 적당히 넣을 수 있는 크기였다. 호두를 파낸 곳에 귀고리를 넣어 과자 포장지로 싼 뒤 다른 과자와 섞어 그것을 선물로 건넸다. 그런데 그게 탈이었다.

"그게요. 호두가…."

"호두가 왜? 상할 일은 없었을 텐데?"

"호두가 거시기로… 쓰는 거라고… 어떻게 된 거냐고 엄마한테 막 야단맞았어요."

"거시기?"

"그거, 있잖아요. 코온…."

"콘?"

"도옴."

콘돔 용기 중에 호두 모양이 있다는 것을 안 것이 그날이었다. 호두 껍데기가 그런 용도로 쓰이고 있다는 걸 상상조차 하지 못한 나는 그 안에 귀고리를 넣어 태연히 선물로 건넸던 것이다. 은초 어머니로서는 때 이른 파도였고, 은초로서는 예기치 못한 풍랑이었을 것이다. 은초는 놀란 어머니와 한바탕 홍역을 치렀다고 했다.

그녀의 어머니, 현재의 장모님에게 호두 껍데기는 하늘이 무너지는 물건일 수도 있었다. 이제 막 소녀티를 벗어난 딸에게 콘돔을 선물한 놈이라니! 장모님은 그때부터 나란 놈을 눈여겨보지 않았을까. 나라는 존재를 그보다 더 확실하게 각인시킨 물건은 아마도 없었을 것이다.

"엄마, 엄마라면 그런 걸 아는 사람이 그런 선물을 할 수 있겠어?"

그녀는 이 한마디로 위기를 넘겼다 했다. 순수한 사랑을 원한다면 순수한 사랑을 맞을 자격을 갖추고 있어야 한다고 생각하는 것은 자연스러운 일. 콘돔이라는 건 활용해야 하는 물건임이 분명하지만 그때까지도 촌놈 총각에게 콘돔이라는 건 상상도 할 수 없는 부정한(?) 물건이었다는 것만은 분명하다.

장모님은 어린 딸에게 콘돔을 선물할 정도로 무모한 놈과 콘돔도 모르는 순수한 놈 중 콘돔도 모르는 순수한 놈 쪽을 보기로 한 것이리라. 내 의지와는 무관한 것이니 그건 분명 운명의 호의. 강직성척추염이라는 울퉁불퉁한 길을 건너와 여기까지 온 것도 운명이 베풀어준 하나의 호의이리라.

역사가 있는 사랑은
쉽게 무너지지 않는다.

-조기영

서른 가까이 내 연애는 까만 밤에 가까웠다. 특별할 것 없는 밤이 계속되는 날들처럼 특별할 것 없었던 연애. 서른에 잔치는 끝났다고 한 시인은 외쳤지만 내게는 서른 무렵까지 잔치라고 할 만한 것이 없었다. 오랜 외로움들을 견딜 수 있었던 것은 사랑으로 가는 과정이 모두 그러할 것이라고 생각했기 때문이다. 아무나 사랑할 수는 없지 않은가. 나의 가능성과 상대의 가능성, 나의 가치와 상대의 가치를 알아볼 줄 아는 사랑을 나는 꿈꾸었다.

사막 같은 시간 속에서도 깊은 산속 옹달샘 같은, 강물의 지류 같은 이야기들은 있다. 내면적인, 소극적인, 때로는 의식적인 그런. 그것은 나를 견디고, 외로움을 견디고, 세상을 견디는 방법이기도 했다.

사람에게는 가마가 있다. 정수리에. 내게도 있다. 그런데 내 것은 쌍가마다. 드라마 소재로도 쓰인 적이 있는, 어렸을 적 동네 아주머니들의 수다 속에서 두 번 결혼이라는 불행의 무늬로 읽힌 쌍가마. 이혼은 사랑의 파멸이며 삶의 파탄을 의미했던 시절, 여인들에게 주홍글씨로 있던 쌍가마가 정수리에 떡하니 똬리를 틀고 있으니 마음이 편했을 리 없다. 아주머니들에게서 생의 불행을 예고하는 듯한 쌍가마 얘기를 듣는 순간 내 안에서 그게 그렇게 불길한 것이 아니라, 우연에 의한 것일 뿐이라는 걸 증명해 보이리라는 다짐이 오기로 무장한 용수철처럼 튀어나왔다. 아직 과학이라는 이름의 이성이 지식으로 쌓이기 전, 나는 무형의 관습과 싸워보기로 무려, 결심하고 만 것이다. 사랑은 곧 결혼이며 결혼은 한 사람과 하는 것이니 평생 한 사람만 사랑하겠다는 순진한 약속과 함께.

예나 지금이나 나는 마음을 정하면 잘 바꾸지 않는 습성이 있다. 잘나지는 않았어도 지금껏 시 쓰는 자리를 지키고 있는 것은 아마 그런 습성 때문일 것이다.

'지조라고 하는 것은 순일한 정신을 지키기 위한 불타는 신념이요, 눈물겨운 정성이며, 냉철한 확집이요, 고귀한 투쟁이기까지 하다.'

고등학교 때 보았던 문장, 시인 조지훈의 지조론이다. 나는 삶도, 사랑도, 그러해야 한다고 생각했다.

중학 시절, 글씨를 잘 쓴다는 이유로 괘도를 쓰게 되었다. 괘도를 만드는 것은 교장 선생님이 내준 선생님들의 방학 숙제. 그것을 내가 떠맡게 된 것이다. 그 일은 1학년 여름 방학 때부터 3학년 때까지 쭉 계속되었다. 처음에는 담임 선생님의 괘도를, 소문이 나면서는 다른 선생님들 것까지 참 많은 괘도를 썼다. 괘도를 쓰느라 방학을 거의 날려버려도 큰 불만은 없었다. 하지만 선생님들은 굳이 하지 않아도 될 말로 내 심기를 건드리곤 했는데 다 쓴 괘도를 갖다드리면 꼭 이렇게 사족을 붙이곤 했다.

"야, 너는 간판 해먹어도 되겠다."

칭찬이었거나 고맙다는 말이었을 것이다. 하지만 이왕 하시는 말씀, 너는 노력하면 한석봉처럼 명필이 될 수 있겠구나, 라든가 너는 추사 김정희 같은 사람이 될 수도 있겠구나, 라

촌놈인 나를 당황스럽게 만든 기억들…

고 말씀하셨으면 나는 서예가를 꿈꾸었을지도 모를 일. 그 말이 얼마나 싫었는지 오래전 사람들의 주위를 서성거리던 쌍가마의 불길한 의미처럼 아직도 내 의식에 혹처럼 들러붙어 떨어지지를 않는다. 그녀가 회사 간판 아나운서로 불릴 때도 '간판'만은 불편했으니 고질병 수준이다.

내 불만을 아셨을까. 어느 날 기술 선생님께서 나에게 소개시켜주겠다며 예쁜 조카를 데려오셨다. 교실에서 괘도를 쓰던 날이었다. 예고를 하긴 했지만 정말로 데려오실 줄이야. 전주에서 날아온 선생님 조카는 달처럼 예쁜 하얀 얼굴의 아이였는데 나는 얼굴이 붉게 달아올라 괘도용 전지에 얼굴을 처박고 촌놈의 기본자세로 글씨를 구경하던 그 아이의 얼굴을 한 번도 똑바로 쳐다보지 못했다. 조카를 내게 소개시켜주신 선생님의 마음을 헤아리기는 어렵다. 내가 마음에 들었거나, 촌놈인 내가 어떤 구체적 행동(?)에 나서지는 못할 것이라는 선견지명 하에 선심이나 쓰자는 마음, 둘 중 하나였을 것이다. 그날의 교실 풍경이 눈에 선하다.

전주로 고등학교를 간 뒤에도 나는 거리에 나붙은 야한 영화 포스터를 똑바로 쳐다보지 못할 정도로 촌놈의 기본 자세를 유지하고 있었다.

하루는 전주 길거리에서 아는 형이 나를 불렀다. 친구들이 다니던 교회를 기웃거리다 알게 된 형이었는데 대뜸 할 일 없으면 이리나 같이 가자는 거였다. 이리는 지금의 익산.

마침 별일이 없어 따라 나섰는데 형의 일이 늦어져 함께 여관방에서 자게 되었다. 형이 먼저 몸을 씻었고 나도 씻었다. 사실 발이나 씻고 눕는 게 촌놈의 기본 자세인데 형이 씻으니 나도 할 수 없이 씻은 거였다. 몸을 씻고 욕실을 나오는데 형이 누워서 텔레비전으로 무엇인가를 보고 있었다. 거기서 나는 듣도 보도 못한, 사춘기 소년의 눈이 확 뒤집히는, 전혀 다른 차원의 영상을 목도하고 말았다. 그때까지는 기껏해야 영화 〈뽕〉이나 〈애마부인〉 정도가 내가 생각할 수 있는 야한 것의 최고치였다. 충격과 공포! 내가 모르는 전혀 다른 차원의 세계가 존재한다는 점에서 가늠할 수 없는 충격이었고, 형이 호모(동성애자, 즉 성소수자를 그때는 일반적으로 그렇게 불렀다)이며 에이즈 환자일지도 모른다는 점에서 거대한 공포였다. 충격 속에서도 나는 '호모이자 에이즈 환자인 형이 나를 꾀어 익산까지 데려왔고, 어떤 음모(?)를 획책하기 위해 부러 일도 늦게 끝낸 것이다!' 이런 결론을 내리고 있었다. 정말 얼토당토않은 얘기지만 당시만 해도 동성애자들이 에이즈를 옮긴다는 편견이 넓게 퍼져 있었다. 나는 두려움으로 밤을 지새우다시피 했다. 밤새 내가 상상하던 일은 일어나지 않았다. 그것은 일종의 형의 취미생활(?)이었던 것이다. 그리고 그것은 사내들의 오래된 취미생활이라는 것을 이해하기까지는 또 얼마간의 시간이 필요했다.

군대에서 첫 휴가를 나왔을 때였다. 초등학교 친구들이 군대 가서 고생한다며 나를 카바레로 끌고 갔다. 그런 곳이 생리에 맞지 않다는 것을 알아가고 있던 때였다. 맥주를 한잔하고 2차, 3차로 이어지던 것이 가기 싫다는 나를 질질 끌고 들어간 전주의 어느 카바레. 아가씨가 한복을 입고 술을 따라주었던 기억이 새로운데 나는 술잔을 받으면서도 몸을 비비 꼬는 부적응 상황을 그대로 노출시켰다. 친구들은 얌전한 체한다는 둥, 점잔을 뺀다는 둥 지청구를 늘어놓았다. 대학 졸업 무렵에도 그와 비슷한 경험이 있었다. 그런 일들이 나는 아직도 당혹스럽다.

이제 나는 아무나 만나기보다는 그런 만남 자체를 회피하는 쪽을 택한다. 고상해서라기보다는 그것이 그들도 존중하고 나도 존중하는 유일한 길이라고 생각하기 때문이다. 만나자는 이들을 모두 만나기보다 좋아하는 사람들과 즐거운 시간을 보내는 게 내가 선호하는 생활 방식. 내 사교의 폭이 좁은 까닭이기도 하다. 그런데 만남도, 당혹스런 상황도 인생길

당혹스러운 일들도 있다

에서 모두 회피하기는 어려워서 고민 끝에 나간 술자리에서 여자 이야기가 흘러나오면 이제 나는 집에 간다, 하고 튄다. 입맛을 다시는 친구들을 뒤로 하고.

내 역사가 이러한데 어느 날 그녀가 느닷없이 헛다리를 짚는다.

"당신 게이 아냐?"

허걱! 게이라니! 이 무슨 강물을 거슬러 오르는 은어 꼬리 지느러미에 뺨 맞는 소리인가.

"무슨 소리야? 게이라니."

내 생에서 여인은 한 사람이면 된다는 주의이니 주로 남자들을 만나는 게 사실이다. 그래도!

"저것 봐. 늘씬한 아가씨들이 다리를 드러내고 거리를 활보하는데도 당신은 어떻게 눈 하나 깜빡하지 않아?"

칭찬인지 의심인지 분간을 못하고 있는데 그녀의 표정이 자못 심각하다. 마치 여인들의 다리를 실눈을 뜨고 한 번쯤 쳐다는 봐야 게이가 아닌 걸 인정하겠다는 태도. 다른 여성들과 많이 다른 그녀. 상황을 파악한 내가 흡족한 얼굴로,

"허허, 나도 다 봐."

"언제 봤어?"

"본능이 꿈틀거려도 시인에게는 사랑을 대함에 있어 미천한 예의 정도는 있소이다, 부인."

그녀, 표정이 조금 풀린다. 이어지는 마무리.

"시인은 세상 모든 여자들을 사랑할 수 있지만 나는 그대만 사랑하게 설계되어 있소. 세상 여인들에겐 비극이지."

그녀, 다시 웃고 만다.

백세 인생이란 말이 유행이다. 시에는 정년이 없으니 나는 평생 시를 쓰다 가면 그만. 해서 내 일보다 그녀의 먼 훗날의 일들을 고민해보곤 한다. 그런데 가만히 보니 그녀는 책 읽는 것에도 책 쓰는 일에도 흥미를 보이며 열심이다. 방송이야 그녀가 전문이지만 글 쓰는 건 내가 선배. 선배로서 뭔가 해줄 말이 있을 듯싶어 이리저리 그녀에게 조언할 만한 게 없나 살피고 있는데 그녀가 조언은 사양이라는 듯 약을 올리기 시작한다.

"304쪽짜리 책 내봤어? 내본 적 없으면 말을 하지 마!"

그녀가 첫 책을 낸 뒤였을 것이다. 그녀 첫 책은 304쪽짜리였다. 시집은 얇다. 80편 내외의 시가 실리는 시집은 짧으면 150쪽, 길다 해도 대개 200쪽을 넘지 않는다. 농담도 자꾸 하면 진담으로 들린다. 그 무렵 나는 소설을 내기로 예정이 되어 있었다. 약이 오른 나는 소설을 내기로 한 출판사에 조건을 하나 붙여두었다.

"꼭 304쪽 넘게 편집해주세요."

내 책이 나오고 그녀의 농담은 쑥 들어갔다. 선배의 고민은 다시 계속된다.

"소설을 한번 써보는 게 어때?"

"내가? 에이, 무슨 그런 말씀을."

오래전 아나운서를 해보는 게 어떠냐고 제안할 때도 그녀의 대답은 비슷했다. 말은 저래도 아마 욕심을 부려볼 것이다. 부추기다 보면 그녀의 소설을 읽어볼 날도 오지 않을까. 시도 써보겠다면 금상첨화. 잘 쓰는 것, 중요하다. 하지만 어떤 일을 통해 살아 있음을 느끼는 것도 잘 쓰는 것 못지않게 중요하다. 백발의 시기라면 더욱 그럴 것이다. 만약 소설을, 시를 쓰게 된다면, 그녀의 노년도 그리 따분하지는 않으리라.

각지의 지류가 남한강과 북한강을 이루고 남한강, 북한강이 두물머리에서 만나 바다를 향해 나아가는 것처럼 사랑은 내 역사와 상대의 역사가 만나 더 넓고 풍부한 기록들을 써나가는 것이 아닐까, 라고 써내려가는 밤이다.

인생에는 두 가지 비극이 있다.
하나는 욕망대로 하지 못하는 것이요.
다른 하나는 욕망대로 하는 것이다.

–버나드 쇼

외모가 자본이자 권력인 시대가 도래했다. 시인도 그녀도 그 쓰나미에서 자유롭지 못하다 보니 아이들 보는 눈이 여느 부모와 크게 다르지 않다. 첫째 은산이는 앞짱구에 뒤짱구다. 한마디로 머리가 크다는 얘기. 녀석의 티셔츠는 머리가 들어가는 곳이 강제 집행(?) 후유증으로 헤벌쭉하다. 머리 크다고 놀림받지 않을까 슬며시 걱정도 되는 게 사실. 그렇다 보니 가족 간 대화가 이렇다.

(시인, 놀라며) "티셔츠가 왜 이래? 옷이 남아나질 않네."

(그녀, 애써 위로 삼는다는 말이) "그래도 머리가 큰 거지

얼굴이 큰 건 아니잖아."

(옷 입던 녀석 큰 소리로 해맑게) "내 머리가 좀 커!"

천진난만한 녀석의 표정에 웃고 만다.

성형 공화국이라는 말이 무성하다. 쌍꺼풀의 큰 눈에 오뚝한 코, 작고 하얀 얼굴로 미인의 틀을 만들어놓고 모두 좁아진 그곳을 통과하기 위해 애를 쓴다. 더 빠른 길을 찾아 산을 깎아 도로를 내듯 그럴듯한 외모를 갖기 위해 칼을 대고 얼굴을 깎는다. 어느덧 '자랑은 아니지만 예뻐지고 싶은데 무슨 상관'인 사회가 되어버렸다.

성형 공화국 비주류 시민인 그녀, 자신이 평범하게 생겼다고 생각한다. 화면에 코는 낮고, 눈은 작게 나온다며 푸념을 늘어놓는다. 그러면서 가끔씩 부러운 듯 내 코를 쳐다본다. 이어 저공으로 콧구멍을 탐사하듯 들여다보다 마치 처음 본 것처럼 감탄사를 연발한다.

"와, 어쩌면 이렇게. 크다, 커!"

고르지 못한 치아도 불만사항 중 하나. 몇몇 치과에서 연락이 온 적이 있다. 치아 성형을 해주겠다며. 고르지는 않아도 매력 있는 치아인데 자꾸 그런 연락이 오니 더 자신이 없어지는 듯했다. 그럴 때마다 차에 기름이 떨어지면 주유하듯 그녀

귀에 기름칠을 해준다.

"그것까지 완벽하면 어떡해!"

그러면 웃으며 "그런가?" 한다.

몸에 칼 대는 걸 굉장히 무서워하는 그녀. 때문에 공짜라 하더라도 성형을 못할 것이라는 게 내 생각. 성형외과 갈 일은 없겠구나, 하다가도 천연기념물 그녀가 성형 공화국으로 망명이라도 하면, 하는 상상을 해보기도 한다. 갔다 왔냐고 화를 내면 그녀도 예뻐지면 됐지 무슨 상관이냐며 화를 낼까? 상상도를 접으며 정신이 돌아오면, 몸에 칼 대는 것을 무서워하는 그녀의 두려움이 고맙기까지 하다.

사실 성형이란 자신의 눈을 뽑고 다른 사람의 눈을 들여놓는 일, 자기에게 다른 사람의 눈을 심어 놓았다는 얘기다. 내 안의 나를 지우고 다른 이의 시선을 자기 것처럼 여기는 건 그렇게 교육받고 살아왔기 때문일 것이다. 오랜 시간 우리는 다른 생각 말고 점수를 향해 달려가라 배웠다. 세월이 흘러도 달라진 게 없다. 학력고사 점수는 생의 미래였고, 수능 점수는 생의 전부다. 선생님들마저 제자가 교과서나 참고서가 아닌 책을 들고 있으면 너희 집 돈 많니, 라며 혼내는 세상에서 자신의 생각, 안목, 관점을 기를 시간은 없다. 나는 누구인가, 내가 있는 곳은 어디인가, 나는 어디로 가야 하는가에 대한

그녀는 노래를 부르기보다
노래를 만들었다
사랑 그리고 삶의 노래를

질문도, 답도, 봉쇄한 채 오직 점수를 향해 달려가라더니 이젠 이십대마저 오로지 취직을 향해 뛰고 또 뛰어라 한다. 다수가 가리키는 방향으로 가지 않으면 안 된다는 강박 속에 점수를 향해 맹렬히 달리지 않으면 부적응으로 여기고, 주류에 합류하지 않으면 뒤처지는 것으로 여겨 불안해한다. 유행이 번지면 모두 그 길로 파리처럼 달려든다. 결혼도, 생활도, 육아도 대개 그렇다. 세상에 단 하나밖에 없는 나는 없다. 느낌, 생각, 가치의 주인 나 말이다. 자신을 알고, 자신의 눈으로 세상을 바라보는 것은 일의 시작과 끝. 그 사실을 깨닫지 못한다면 노예로 살면서도 자신이 노예인지를 모르게 된다.

비욘세라는 미국 가수가 자신의 튼튼한 허벅지를 종족의 특성이요 자랑으로 여긴다는 말을 한 적이 있다. 누군가의 비난성 질문에 대한 답이었다. 질문이 머쓱해진 대답은 모자람 없이 훌륭했다. 회사에서 마련해준 모범 답안일 수도 있겠지만 일단 그런 가능성을 접어놓고 보면 그녀는 그녀만의 자존감으로 획일화된 잣대에 당당하게 맞선 것이다. 한국 사회는 몸의 약점을 가리고 깎기 바쁘지만, 주근깨나 대머리마저 자신의 개성으로 삼는 사회에서는 뚱뚱한 몸을 굳이 숨기려고도 깎으려고도 하지 않는다. 뚱뚱한 몸이 아니라 다양한 몸들이 있을 뿐이다. 서구 유럽의 관점을 절대적 기준으로 삼아야 하는 것은 아니지만 이런 태도를 배울 필요가 있지 않을까. 대머리를 외모의 패배자, 삶의 패배자로 모는 분위기마저 있는 한국 사회라면 말이다.

얼마 전까지도 그녀와 내가 나온 대학 사진관에는 그녀의 사진이 걸려 있었다. 그녀가 대학 다닐 때 학교 사진관 사장님이 그녀를 캐스팅(?)해서 찍은 사진이다. 사장님은 그녀의 사진을 사진관에 거는 대신 그녀가 필요로 하는 사진을 찍어주겠다는 조건으로 그녀와 거래를 성사시켰다. 아나운서 시험을 준비하고 있을 때였다. 안 할 이유가 없었다. 하지만 그렇게 해서 찍은 사진은 그녀가 아니었다. 표정이 살아 있지도, 그녀만의 매력이 보이지도 않았다. 문제는 아나운서 응시자들 대부분이 그렇게 사진관에서 전신 사진, 정면 사진, 측면 사진을 찍어 제출한다는 것. 무슨 동맹이라도 맺듯 모두 그렇게 사진을 제출한다는 사실은 놀라웠다. 파랑이나 청록색의 획일화된 배경에 매력마저 흐려진 사진은 개성의 평균을 내 만든 공산품에 가까웠다. 세상이 만들어놓은 틀에서 자신만 빠져나오는 게 두려웠을 것이다. 세상에 하나뿐인 자신을 드러내라는 시험에 타인의 행동을 복사, 반복하는 모습이 안타까웠다. 누구나 아는 길은 평균이 될 수는 있어도 평범하다. 나만 아는 길은 외로울 수는 있지만 색다르고 특별하다. 방송국은 색다른 것, 특별한 것을 반기는 곳 아닌가. 해서 내린 결론이 우리가 찍어보자는 것이었다. 내가 찍어보겠다고 했다. 단조로운 사진관 배경보다 푸른 잔디와 나무 배경이 낫다고 보았고, 사진관에서 경직된 표정으로 찍는 것보다 서로 의견을 주고받으며 찍으면 자연스럽고 다양한 모습이 나올 수 있을 거라 생각했다. 호소력이 있다고 보았다. 그녀를 설득해 사진을 찍었다. 그 사진으로 서류 전형이 통과되자 그녀도 별다른 이의를 제기하지 않았다. 서류 전형에서 탈락하는 일은 거의 없었다. 적어도 사진이 문제가 되지는 않았다는 얘기다. 우리 눈으로 세상을 분석하고, 행동해서 얻은 결과였기에 더욱 만족스러웠다. 숨 막히는 무균질의 질서에 균열과 파열음을 내는 것, 그것이 바로 창조. 균열도, 파열음도 없는 창조란 세상에 존재하지 않는다.

성형의 원조 쌍꺼풀 수술이 활성화되기 시작한 것이 1980년대 중반. 쌍꺼풀 수술로 변신한 대중 예술인들이 방송에 등장하면서 거리에도 쌍꺼풀 수술한 사람들이 하나, 둘 보이기 시작했다. 텔레비전이 성형 공화국 건설에 기여한 것만은 부인할 수는 없다.

텔레비전의 영향력은 내게서도 확인할 수 있다. 고등학교 때였다. 집에서 혼자 텔레비전으로 외국 영화를 보고 있는데 영화 속 남자 주인공이 유난히 멋져 보였다. 주인공에게 강하게 매료되다 보니 배우의 미간에 있는 주름까지 멋져 보였다. 거울 앞으로 달려갔다. 그리고 손가락으로 미간의 피부를 강제로 접어 세로로 두 줄의 주름을 만들어놓았다. 그 주름이 여전히 미간에 선명하다. 지금도 헛웃음이 나온다. 그 시절의 나는 영화 속 배우와 나의 매력이 다르다는 걸 모르는 텔레비전의 노예였던 것이다.

그녀의 아나운서 시험은 서류 전형, 1차 실기 시험, 필기 시험, 논술, 2차 실기 시험, 최종 면접의 순서였다. 기억에 남는 것은 2차 실기 시험. 1차 실기 시험 때는 그녀의 화장만으로 시험을 치렀다. 2차 실기 시험 때도 분장을 해야 했는데 미용실 갈 생각은 못하고 생각해낸 게 여동생의 화장 실력이었다. 그녀보다는 오래 화장을 해왔고, 평소 여동생의 화장 실력을 높이 사온 터라 괜찮겠다 싶어 여동생에게 분장을 맡겨보기로 했다. 여동생 집에서 화장을 시작했다. 거기까지는 괜찮았다. 다음이 문제였다. 분장은 화장과 달리 연극 분장처럼 조금 짙다는 말이 생각나 여동생에게 그렇게 해줄 것을 주문했다. 그녀도 이의를 제기하지 않아 짙은 분장 상태로 시험에 임했다. 하지만 오판이었다. 이미 자연스러운 화장, 자연스러운 모습의 분장 시대로 진입해 있었는데 그것도 모르고 떡하니 너구리 분장을 해 그녀를 시험장에 들여보냈던 것이다. 어떤 프로그램에서 너구리 눈으로 분장한 그녀의 2차 실기 시험 장면을 내보낸 적이 있다. 지금도 그 생각을 하면 식은땀이 난다. 분장도 약점을 가리고 장점을 드러내려 한다는 점에서 일종의 성형. 면접관들이 외면보다는 내면을, 분장보다는 본질을, 성형보다는 그녀의 안목과 가능성을 본 것이라 해석하며 식은땀을 내보내는 나를 애써 위로하곤 한다.

아름다워지고 싶은 욕망은 누구에게나 있다. 신체를 새로 조각해내는 성형은 그 욕망에 불을 지른 행위. 불을 끄는 것은 쉽지 않으나 불씨의 근원 정도는 파악해볼 수 있지 않을까.

추측건대 이 병에 가까운 사회적 현상의 뿌리에는 남자가 앉아 있을 것이다. 예쁘냐, 안 예쁘냐로 사람을 판단하는 습성을 가진 바로 그 남자 말이다. 그 남자가 인재를 선발하는 자리에 포진해 있다면 적어도 여성은 실력이나 능력, 가능성보다 먼저 외모로 난도질당할 가능성이 크다. 부모로부터 물려받은 재산이 사실 내 것이 아닌 것처럼 부모에게 물려받은 외모도 노력으로 이룬 것이 아니기에 사실 가치가 없는 것이다. 사회가 가치 없는 것에 자꾸 가치를 두라 강요하니 구성원들이 몸에 칼을 대려 하는 것은 어쩌면 필연. 예쁜 얼굴을 싫어하는 사람은 없다. 그러나 그 외모를 기준으로 사람을 차별해서는 안 된다. 예쁜 얼굴을 좋아하는 것은 본능에 가깝고, 외모로 사람을, 사람의 능력을 판단하지 않는 것은 본능에서 멀어지려는 노력에 가깝다. 본능에서 멀어지려는 노력, 그것을 우리는 교양이라 한다. 본능이 발휘되는 곳이 정글이라면 인간 사회는 땀과 노력이 인정받아야 하는 곳. 외모를 중시하는 것의 문제는 다른 것에 있는 것이 아니라 사람 됨됨이와 인간의 땀을 쉽게 무찔러버리는 폭력에 있다. 폭력은 폭력을 낳기 마련이다. 외모에 대한 폭력은 폭력에 희생된 사람뿐만 아니라 폭력 행사 과정에서 용케 살아남은 이들에게도 문제를 낳는다. 자신이 과연 실력으로 통과한 것인지 의구심을 갖는 것이 첫번째 문제요, 외모로 뽑아 놓고 실력 없다고 비난받는 게 두번째 문제요, 이런 사례들이 쌓여 주로 여성을 폄하하는 사회적 현상으로 번지는 게 세번째 문제일 것이다. 첫번째의 내상이 두번째 외상을 거치며 병에 가까운 사회적 현상을 낳는 것이다.

본능이, 폭력이 횡행하는 사회에서 미래를 설계하는 것이 무슨 의미가 있을까. 폭력이 폭력을 낳게 되는 사회는 점점 본능이 번득이는 정글이 되어갈 것이다. 인재 선발에 외모가 기준이 된다면 실력보다 성형외과에 줄을 서게 되는 건 당연한 선택. 인재 선발에 외모로 차별받지 않게 하는 방법 중 하나는 여성은 여성이, 남성은 남성이 뽑게 하는 것일 게다. 그것만으로도 이 성형 공화국 분위기가 조금은 바뀌지 않을까. 가족 정책을 수립하는 지휘 계통에 여성이 아닌 집안일을 모르는 남성들이 줄줄이 앉아 있는 것처럼 어처구니없는 일이 없듯 여성을 외모로 평가하려 드는 사내들에게 인재를 뽑게 하는 것처럼 어이없는 일도 없다는 것, 이제 좀 깨달을 때도 되지 않았을까.

현재는 그 일부가 미래요,
다른 일부가 과거이다.

-크리십포스

"방송국에 들어가려면 수위 아저씨라도 알아야 한단다."

그녀가 시험을 준비하면서 제일 많이 들었던 말이다. 녹음기를 틀듯 사람들은 같은 말을 되풀이해 들려주었다. 시골에서 농사를 짓던 부모님마저도 같은 말을 읊조렸다. 방송국에 들어가기 위해서는 아는 사람이 있어야 하고, 그 인맥을 통해서라야 입사를 꿈꿀 수 있으며, 그 외에는 방법이 없다는 것을 요약한 그 한마디는 학연과 지연, 혈연을 고리로 쌓아 올린 기득권의 높은 벽에, 힘없고 '빽' 없는 사람들이 내지르는 비명 같기도 했다. 인맥에 대한 믿음은 위태롭게 높았고, 정의나 공정에 대한 신뢰는 아프도록 낮았다. 그 말을 들을 때마다 그녀는 한마디만을 되풀이했다.

“그렇게 돼서 뭐 하게요. 그렇게까지 해서 입사하고 싶지는 않아요.”

한 해에 아나운서로 뽑히는 인원은 지상파 방송사들을 다 합해야 10명 미만. 선망하는 직업이다보니 경쟁률은 높고 바늘구멍을 통과한 사람들은 많은 주목을 받게 된다. 한 번에 들어간 이도 있겠지만 대개는 많은 시험들을 거친다. 그녀도 마찬가지. 지상파는 말할 것도 없고, 케이블에서 지방 방송국까지 많은 시험을 봤고, 많은 고배를 마셨다. 떨어질 때마다 그녀의 꿈에도 작은 구멍들이 생겼다. 구멍을 빠져나온 한숨이 연기가 되고, 연기가 구름이 되고, 구름이 비가 되어 내릴 즈음에야 그녀는 합격의 기쁨을 맛볼 수 있었다.

그렇게 들어갔던 방송국. 하지만 부푼 가슴을 안고 들어간 그곳에서 그녀를 기다리고 있던 것은 설레는 프로그램이 아니라 일군의 소설가(?)들이었다. 일그러진 통념과 싸워 이겨냈다는 자부심도 잠시, 그 자부심의 높이만큼 그녀를 충격에 빠뜨린 이야기. 소설가들의 과거까지 날것으로 드러날 것만 같은 이야기, 어느 시대든 없어져야 할 과거라는 것이 있기 마련, 이 이야기는 그런 부류가 아닐까 싶다.

그녀의 입사는 참여정부 때였다. 당시 사장은 진보인사. 진보적 정권에 진보적 사장. 그러다 보니 진보인사들 중 누군가 그녀와 연결 고리가 있고, 그 힘을 배경으로 그녀가 입사한 것이라는 가난하기만 한 줄거리가 직장 내 소설가들 사이에서 돌고 있었던 모양이었다. 당시 국가정보원장이 그녀와 같은 성. 진보인사 중 성이 같다는 이유로 국정원장이 그녀의 배후로 호출되어 있었다. 엉뚱한 주홍글씨 주인공으로 등장하게 된 그녀. 작가들은 소설 쓰는 것에 그치지 않고 그녀와 국정원장 관계에 대해 직접 취조에 나섰다. 결론이 정해진 소설가들에게 그녀의 부인은 끝없이 부인되었다. 내가 어처구니없다는 표정으로 내뱉은 소리는 "겨우, 총리는 왜 아니래"였다.

당시 총리도 그녀와 같은 성. 그러나 그는 진보인사가 아니었다. 작가들은 소설을 완성시키기 위해 국정원장과의 관계만을 집중적으로 캐물었다. 작가들은 너 국정원장 '빽'으로 들어왔지, 라는 말을 완성시킬 핵심 고리를 찾고 있었다. 한 사람이 한 작품을 쓰고 있는 게 아니라 여럿이 진행하는 집단 창작 방식이어서 그 자리를 빠져나오기가 쉽지 않았다. 당시 국정원장은 군사정부 시절부터 변호사 활동 등으로 고통받는 이들을 위해 헌신해온 사람. 그녀에게도 모욕이었지만 그에게도 큰 모욕이었다. 추궁은 그녀 인생에는 없는, 하지만 줄거리에는 필요한 단어를 뱉어낼 때까지 계속될 듯했다. 이쪽 부인과 저쪽 부인 속에 어처구니없는 맷돌이 계속 돌았다.

소설의 출발은 아마도 그들이 보기에 시시해 보였을 대학일 수도 있다. 그녀가 나온 대학은 소위 말하는 'SKY'도, 서울 소재 대학도 아닌 경기도의 한 대학. 그것이 상상력을 자극하는 불쏘시개가 되었을까. 방송국에 입사할 만한 실력(?)을 가진 대학이 아닌데 높은 경쟁률을 뚫고 입사를 했으니 거기에 모종의 비리가 내재되어 있을 것이라는 상상은 소설가들에게 떡이나 군침이 도는 소재였던 모양. 인간의 가능성을 무시한, 모함이 섞인 비난에 불과했지만 그들에게는 세간의 이목을 끌어당기는, 베스트셀러 가능성마저 있는 상품이었을 터.

혈연과 학연의 이면에 상투적으로 접근한 이 소설은 우리 결혼과 함께 공중분해되었다. 소설가들이 결혼식장에 국정원장 얼굴이나 화환을 확인하러 왔다는 소문과 내가 장애인이라는 소문을 확인하러 온 사람도 있다는 얘기는 돌고 돌아 우리 귀로 들어왔다. 인간의 가능성을 무턱대고 믿고 보는 것도 장애일 수 있으나 인간의 가능성을 전혀 믿지 못하는 것도 장애. 전자는 인간 드라마로 승화될 가능성이 크지만 후

자는 평범한 이의 고군분투마저 고루한 인맥 덕으로 덧칠해 버릴 가능성이 컸다.

우리가 나온 대학은 경희대학교 국제 캠퍼스(과거에는 수원 캠퍼스). 소설가들의 의심을 샀을 바로 그 학교. 과거 그녀의 집은 분당. 그녀는 서울에 있는 몇몇 대학에도 합격했지만 집에서 가깝다는 이유로 그곳을 택했다. 교정이 마음에 든 것도 또 하나의 이유였다. 그녀는 선택에 당당했지만 사회는, 사람들은 무슨 일을 하든 출신을 먼저 보려 했다. 학연을 고리로 이어진 인맥을 엮으려 이 사회는 어디를 가든 동창회를 결성하기 바쁘다. 학교를 연고로 헤쳐 모인 동창회라는 사적 동맹이 숭고한 이상을 위해 뭉칠 가능성은 '0'으로 수렴되기 마련. 하여 그녀는 동창회라는 명목으로 마련된 자리를 아직 기피한다.

정부 고위 공직자가 내뱉은 '민중은 개, 돼지'라는 말로 사회가 시끌시끌했다. 돈과 권력을 가진 이들은 사회 구성원들을 개, 돼지로 자리매김한 뒤 봉건사회로 끌고 갈 듯하다. 봉건사회란 특권이 당연시되는 사회. 왕족은 계속 왕족이 되고, 귀족은 계속 귀족이 되고, 양반이 계속 양반 되는. 특권은 당연시 되고 이의를 제기하는 이에겐 온갖 핍박이 집중된다. 우리는 모두 본의 아니게 아버지를 아버지로 부르지 못하는 홍

길동의 시대로 가게 될 것이다. 어떤 회사 입사에 속칭 'SKY' 출신만 가능하다면, 귀족의 자식이면 당연히 벼슬을 할 수 있었던 고려시대 음서제와 본질에서 무엇이 다를까. 특정한 학교, 특정한 지역, 특정한 혈연만 권리를 누리게 된다면 그게 바로 특권 사회요, 기득권 사회. 중요한 것은 어느 학교, 어느 가문, 어느 지역인가가 아니라 각고의 노력으로 갈고 닦은 실력일 터. 무학, 초·중·고졸 출신은, 지방 대학 출신은 실력이 없으리라는 선입견을 강요하며 획일화된 사고를 축적해온 사회가 낳은 특정 대학 선호 현상은 기득권이 기득권을 생산하고 유지해나가는 상습적 도구에 불과하다. SKY 출신은 양반, 그 외에는 상놈으로 간주되는 사회가 "이 상놈의 새끼가 감히!"라며 호통치던 과거 신분제 사회 모습과 다를 게 무엇인가. 조선의 기득권자들은 세금을 내지 않았고, 군대를 가지 않았다. 이 사회 기득권도 세금을 회피하고, 군대에 가지 않으려 한다. 5천만 명이 현실을 타개하려 땀을 흘리며 살아가는 사회가, 우리 후손이 발 딛고 살아갈 사회가 봉건사회에서 간판만 바꿔단 곳이어서는 곤란하지 않을까.

공부 제일 잘하는 학생이 들어간다는 서울대 학생들의 수업 분석이 충격을 준 적이 있다. 모두 적자생존, 받아쓰지 않으면 죽는다는 자세로 수업을 듣는다 한다. 교수님 말씀을 토

씨 하나 틀리지 않게 답안을 써내야 높은 점수를 받는다는 조사 결과는 놀라웠다. 논리와 논리, 말과 말에 드리워진 미세한 모순을 파고드는 질문과 세상을 충격에 빠뜨릴 단초가 될 엉뚱한 의문을 원천 봉쇄한 수업은 창조적 사고를 막아 교수의 권위를 유지시킨다. 같은 질문에 같은 답을 요구하는 수업은 같은 씨들이 같은 권리를 누리는 사회와 본질에서 무슨 차이가 있을까. 유학 다녀온 장성한 자녀들이 "엄마, 이제 뭐 할까요?"라고 묻는다는 우스갯소리 대상이 된 우리네 부모들은, 자녀의 회사 뒤풀이 때 근처에 차를 대기시켰다 모시고 간다는 부모를 거쳐 자녀가 술 잔뜩 마신 다음날 회사로 항의 전화를 한다는 부모로 진화(?)를 거듭하고 있다. 그들이 아마도 일체의 질문을 봉쇄한 교수들의 봉건 체제에 든든한 배경이 되고 있으리라. 자신들의 필요에 의해 자유민주주의를 내세우지만 기득권은 사실상 돈과 권력이 앞서는 신분제 사회를 만들어가고 있다고 보는 것이 타당하지 않을까.

한때 한국 학생운동은 백가쟁명의 논리를 꽃피운 적이 있다. 세월이 흐르며 한두 진영의 논리로 수렴된 체계는 박제가 되어버린 새처럼 더이상 질문이나 이견을 달고 날아가려 하지 않았다. 이의제기와 질문이 막혀버린 조직에서는 상명하달식 일처리가 횡행했다. 대중은 외부의 형식일 뿐였고, 회의는 내

부의 형식일 뿐이었다. 대중은 운동의 중심에서 멀어지기 시작했다. 대중이 떨어져나간 중심은 초라해졌고 나날이 쇠약해졌다. 그때부터 한국의 학생운동이 내리막길을 걸었다는 것이 내 생각이다.

오래전 성경은 라틴어로만 되어 있었다. 라틴어를 읽는 성직자는 성경을 해석할 권리를 독점했다. 문제 의식을 가진 이들이 성경을 자기 말로 번역하기 시작했다. 교회는 그것을 금하고 겁박했다. 루터의 종교 개혁이 시작되었다. 오랜 고통 끝에 개신교가 탄생했다. 수백 년이 흘렀다. 종교 개혁을 통해 탄생한 개신교는 요즘 무조건 믿으라 한다. 교수는 무조건 받아적으라 하고, 운동도 믿고 따르라고만 말했던 적이 있다. 학생운동이 활력을 잃어버렸던 것처럼 교회도, 사회도 그렇게 되지 말라는 법이 없다. 어느 사회가 활력을 잃게 되는 것은 기득권을 깨려 노력하는 사람들보다 기득권으로 들어가 성을 쌓고 기득권을 지키며 살려 하는 사람들이 훨씬 많기 때문일 것이다. 기득권의 힘이 강고해질수록 강자의 횡포는 극심해지고 약자가 살기 힘들어지는 건 어느 사회든 마찬가지. 하나의 생각이 강요되는 것은 대개 그것이 진실이어서가 아니라 하나의 생각을 주장하는 사람들에게 이익이기 때문이다. 성직자에게 헌금이, 학생운동 세력에겐 자기 조직이 중요했을 테고,

지금은 퍽퍽할지라도

사람이 살 만한 세상을 꿈꾼다

교수는 창의적인 질문에 답하지 못하는 자신의 부족한 공부를 인정하기 싫었던 것뿐이다. 우리는 법관, 의사, 교수가 세상 모든 것을 다 안다는 착각에 빠지곤 한다. 그들은 다른 것보다 자신의 분야를 좀 더 아는 사람일 뿐이다. 그들은 신이 아니라는 걸 우리는 알아야 한다.

미천한 조건(?)의 그녀가 시험을 통과한 것은 당시 사회 분위기와 무관하지 않다. 당시는 변화의 바람이 거세게 불며 민주주의가 꽃피던 시대. 민주화 바람은 방송국까지 불어 입사 시험에 출신 학교를 가리는 블라인드 테스트가 최초로 시도되었다. 그녀가 변화된 제도의 혜택을 본 것은 부인할 수 없다. 새로운 제도는 방송국 안에서도, 밖에서도 기득권에게는 타격이었고, 기득권 이외의 사람들에게는 새롭게 열린 세상이었다. 블라인드 면접을 최초로 시행하며 기득권에 이의를 제기한 사장은 직무 수행 중 자리에서 끌려내려왔다. 권력은 그의 뒤를 캐기 위해 그가 살던 집 부근 슈퍼마켓까지 뒤졌다 한다. 권력이 그를 자리에서 끌어내리는 과정은 온 국민이 지켜본 바와 같다. 특권을 유지하고 기득권을 확대하려는 세력의 불안이 제일 큰 원인이었다고 나는 생각한다. SKY로만 통하는 사회와 질문을 원천 봉쇄한 교수와 하나의 생각만 강제

했던 운동과 무조건 믿으라는 교회와 자녀의 할 일을 정해주는 부모는 기득권이라는 하나의 몸통과 머리들이 아닐까.

그녀의 입사의 시작이 과거와 결별하려 했던, 사회 변화를 모색했던 이들이 내놓은 새로운 제도의 혜택이었다면, 과거와 다른 모험을 감행했던 그녀의 시도와 실력이 그 나머지를 채웠다고 생각한다. 새로운 제도가 과거에 익숙했던 특권과의 결별이라면, 더 많은 사람들이 그런 제도의 혜택을 누렸으면 좋겠다. 그런 제도가 사회가 나아갈 미래의 모습에 부합한다면 더 많은 제도를 만들어내는 바탕이 되었으면 한다. 큰 욕심 아니지 않은가. 기득권에게는, 특권을 누리고 사는 이들에게는 위기일 수 있겠지만. 사람이 살만 한 사회, 특별할 게 뭐 있겠는가.

하나님이 교회를 세우면
악마가 그 옆에 예배당을 세운다.

–독일 속담

우리 만남이 시작되었을 때 그녀는 교회에 다니고 있었다. 나 역시 교회에 다닌 적이 있다.

고향 마을에는 교회가 하나 있었다. 내가 다니던 초등학교 교감 선생님이 주도해 만든 교회였다. 천막으로 시작해 나중에 벽돌로 지은 교회다. 어른들 틈에서 고사리 손으로 벽돌을 날랐던 기억, 종탑을 세울 때 쭉 늘어서서 밧줄을 잡아당겼던 기억이 새롭다. 종탑을 세우고 난 뒤 우리가 질렀던 환호성도.

교회, 하면 생각나는 장면이 있다. 초등학교 어느 여름 방학 때였다. 혼자 집을 보고 있는데 어떤 누나가 집으로 들어섰다. 대문은 필요 없다는 아버지의 지론으로 우리 집엔 대문이 없었다. 엉거주춤하게 서서 낯선 이의 방문을 맞았다. 그녀는 방학을 맞아 농촌 선교 활동을 하러 온 누나였다. 신기한 눈으로 서울에서 온 대학생 누나와 얘기를 나누고 있는데 부모님이 들에서 돌아오셨다. 그녀가 집을 나서려 하자 아버지가 밥 먹고 가라며 누나를 앉혔다. 어머니는 서둘러 밥상을 내왔다. 고릿적 예법이 남아 있던 때, 어머니는 부엌에서, 누나와 아버지와 나는 방에서 식사를 했다. 그런데 식사중 보이면 안 되는 것이 눈에 띄었다. 반찬 중에 삶은 고추나물이 있었는데 거기에 애벌레 한 마리가 삶을 마감한 채 벌러덩 자빠져 있었던 것이다. 손님 입맛을 떨어뜨리고, 어머니 음식 솜씨마저 격하될 상황. 아니, 저것이, 방치하면 손님이 모르고 지나가기를 바라야 했고, 건져낸다면 손님의 눈이 애벌레로 향할 수밖에 없었다. 나는 전광석화처럼 젓가락을 날려 그것을 입 속에 넣어버렸다. 손님에 대한 시골 촌놈의 예의와 배려였다.

그 누나 일행이 근거지로 삼아 활동했던 곳이 동네 교회였다. 교회에는 목사님이 없었다. 어디선가 전도사님이 왔다 홀연 사라지는 일이 반복되었다. 새로 전도사님이 오면 잠시 활기가 넘쳤다. 새롭게 목회를 시작한 전도사님의 활동이 잦아든다 싶으면 전도사님이 바뀌어 있곤 했다. 작고 가난한 교회라 목사님 모실 정도가 안 되나 보다 생각했다.

교회에 다니며 부모님께 같이 가자고 떼를 쓰곤 했다. 부모님은 웃으시며 너희나 잘 다니거라, 하셨다. 부모님은 종교가 없었지만 굳이 따지자면 불교 쪽에 가까웠다. 부모님을 전도하려 했던 것은 교회 나오지 않으면, 예수 믿지 않으면 지옥 간다는 설교 때문이었다. 그것은 어린 마음에도 절대 이루어져서는 안 될 일이었다. 두 분은 끝내 교회에 나오시지 않았다. 한 번을 제외하고.

교회는 부흥회를 하곤 했다. 기억에 남아 있는 건 부흥회가 아닌, 부흥회가 끝난 뒤…. 유명한 목사님을 초대해 대대적으로 부흥회를 했는데 결과적으로 기대에 못 미쳤던 모양. 먼 곳에서 오신, 하나님의 역사로 교회가 부흥하게 해달라고 부르짖었던 그 목사님은 우리 앞에서 공개적으로 전도사님을 질책했다. 왜 그것밖에 안 모인 것이냐고, 무슨 일을 그렇게 하냐고. 내 귀를 의심했다. '아니, 사람이 안 모이니 목사님을 모셔온 것 아닌가요?'라고 나는 속으로 되물었다. 전도사님은 답을 못하고 고개를 떨구었다. 전지전능하신 하나님의 역사를 외쳤던 목사님, 교회가 부흥하지 못했으니 어린 판단으로

상징에 내용이 없으면
물건이 된다

도 책임은 둘 중에 하나. 하나님이 전지전능하지 않으시거나 목사님의 능력이 부족하거나. 아무리 봐도 전도사님 책임은 그다음이었다. 교회 다니는 동안 그렇게 많은 사람들이 모인 건 내 보기에 처음이었다. 게다가 아들의 성화에 못 이겨 아버지가 처음이자 마지막으로 걸음하신 부흥회였다. 나로서는 굉장히 성공한 부흥회였는데 목사님은 그렇지가 않았던 모양이다. 기도 시간에도 뻣뻣하게 고개를 들고 딴청을 피우시던 아버지와 그런 아버지를 힐끔거리던 내 모습이 지금도 눈에 선하다.

도시 교회들을 보면 고향 교회 생각이 난다. 도시의 커다란 교회들과 고향의 작은 교회를 떠올리며 부를 쌓아올린 교회와 시골의 작고 가난한 교회의 차이를 생각해보곤 한다. 도시는 조금 과장하면 한 집 건너 교회. 촘촘한 교회 십자가들을 보며 이렇게 교회가 많이 필요한 걸까, 이렇게 교회가 많은데 세상은 왜 살기가 더 팍팍해지는 걸까, 이웃을 돌보지 않고 교회는 안에서 도대체 무엇을 하는 걸까. 누구나 한 번쯤 해보는 생각일 것이다.

어느 외국인이 남산에 올랐다가 같이 온 친구에게 놀란 얼굴로 물었다 한다.

"너희는 시신이랑 함께 사니? 도시에 웬 공동묘지가 저렇게 많아?"

이방인은 한국에 교회가 그렇게 많다는 것을 상상조차 하지 못했을 것이다.

정신과 의사의 말에 의하면 요즘 정신과에 목사님 부인들이 줄을 잇는다 한다. 교회에서 남편과 가정에서 남편이 너무 다른 데서 오는 스트레스 때문이란다. 이쯤 되면 교회는 스스로의 가치를 잃어버리고 있는 것이다.

오래전 기억 속의 그 누나처럼 그녀도 꾸준히 교회에 다녔다면 선교활동을 나가지 않았을까. 하지만 나는 교회에 다니던 그녀를 보며 엉뚱한 생각을 하고 있었다.

이성을 만날 때는 여러 가지 생각을 하게 되는데 내가 교제에 중요하게 고려하는 것 중 하나가 기독교인인가 아닌가 하는 것이었다. 종교는 삶의 방편이지 삶의 목적이 아니라고 보았고, 윤기 있는 삶을 위해 종교가 필요한 것이지 종교를 위해 삶이 있는 것은 아니라는 게 내 생각. 남편을 끌고 교회에 가는 아내, 가정의 평화를 위해 교회에 끌려다니는 남편, 절대 꿈꾸고 싶지 않은 미래였다.

대학 때 철학을 가르치던 교수님은 기독교의 원수(?)인 유물론자임을 밝히면서도 가정의 평화를 위해 자신도 교회에 다닌다고 실토했다. 나는 여성들이 교회 가는 것을 삶의 목표로 정한 듯 교회를 다니는 것에 동의할 수가 없었다. 무엇보다 끌려다니는 남편들이 행복해 보이지가 않았다. 때문에 나는 내 미래를 위해 그녀를 교회에서 어떻게 빼올까 하는 궁리를 하고 있었다. 기독교인 입장에서는 사탄이 따로 없었다.

내가 보아온 교회는 자기와 다른 이슬람을, 불교를, 사회주의를, 사회주의자를, 공공연하게 공격했다. 원수를 사랑하라는 계명을 실천하기 위해서는 그에 따른 가르침 또한 세분화, 체계화되어 있어야 했지만 교회에 그런 것들이 체계적으로 준비되어 있다는 말을 들어본 적이 없다. 그러고 보면 이웃을 사랑하고, 원수를 사랑하라는 말은 그냥 형식적 서술에 그치고 있는 게 아닌가 한다. 부를 쌓아올린 교회는 그 부를 주체하지 못해 성직자들이 법정을 교회처럼 오간다. 북한의 권력세습은 비난하면서 교회 세습은 예외로 삼으며 이제 주식회사라는 비아냥까지 듣고 있다.

요즘 대중 예술인들 결혼 소식은 실시간으로 검색어에 오르내린다. 그중 기독교인들은 대개 하나님의 사랑으로 인연을 맺게 되었다는 말들을 모범 답안처럼 내놓는다. 그런데 그들 중 적지 않은 이들이 어쩔 수 없이 이별을 택하곤 한다. 이별의 변으로 내놓는 것은 대개 성격 차이. 하나님의 사랑으로 이별하게 되었다는 말은 다행인지 불행인지 없다. 사랑이 전지전능하신 하나님의 뜻이라면 이별도 전지전능하신 하나님의 뜻. 사랑은 추인하면서 이별은 외면한다면 하나님은 본의 아니게 무책임한 존재가 되어버리고, 사랑을 관장하면서도 이별을 알지 못했다면 하나님은 전지전능하지는 못한 존재가 된다. 그런 희극적 상황들이 대중 예술인들의 말들로 연출되고 있다는 것을 그들은 알고 있을까.

사랑은 지극히 개인적인 감정이요 개인의 일. 개인의 일을 굳이 하나님의 사랑과 연결시키려 들다 보니 하나님의 사랑으로 만났다가 하나님의 사랑으로 이별하는 모순을 낳게 되는 것이다. 그런 모순을 연출하지 않는 최선의 방법은 개인의 일을, 감정을 하나님의 사랑으로 미화시키지 않는 게 아닐까 한다. 오래전 우리가 배웠던 교과서에는 사회주의는 결혼을 '사회주의 혁명 전사 간의 동지적 결합'이라 한다고 소개해놓았었다. '하나님의 사랑으로 결혼하게 되었다'는 말은 '사회주의 혁명 전사 간의 동지적 결합'이라는 말처럼 과하다. 개인적인 사랑은 개인적인 책임으로 마무리하면 된다. 그게 사랑의 시작이고 끝이니까.

결국 어느 날 나는 그녀에게 사탄의 말을 내뱉고 말았다.

"기독교가 사랑으로 세계를 구원할 가능성은 거의 없는 거 같은데 교회 그만 다니고 사랑으로 나나 구원해주는 게 어때?"

그녀는 별다른 이의를 제기하지 않았다. 사탄의 꾐에 빠진 그녀는 아직까지 교회에 나가지 않고 있다.

2014년 8월, 교황께서 다녀가셨다. 교황은 세계에서 주류 가톨릭 인사들에 의해 좌파로 비판받기도 한 해방신학자. 그가 가톨릭의 수장이 된 것은 가톨릭 교회가 변하고 있다는 반증일 것이다. 전임 교황인 베네딕토 16세가 교황으로 선출될 때 최후까지 남아 있던 두 후보가 베네딕토와 프란치스코. 프란치스코는 보수적인 베네딕토 후보를 지지하며 최후의 1인이 남을 때까지 계속되는 콘클라베를 멈출 것을 호소했다 한다. 인간의 품격은 이익 앞에서, 경쟁 상대를 대하는 자세에서, 원수를 대하는 태도에서 그 모습을 드러내곤 하는데 프란치스코의 그런 과거가 교황 선출 과정에서 보수적인 추기경들의 마음을 움직였으리라. 그는 어느 곳에 가든 교황의 권위를 내려놓고 대중 앞에 선다. 높은 무대를 피하고, 자신만을 위해 마련된 의자를 사양하며, 무대로 난입한 어린아이를 자신의 자리에 앉히고 설교를 한다. 소외된 사람, 힘없는 사람을 스스럼없이 대하는 소탈한 그의 모습에 대중은 즉각 반응했다. 대중은 그런 모습의 성직자를 기다리고 있었던 게다.

〈울지 마 톤즈〉라는 다큐멘터리를 본 적이 있다. 아프리카에서 선교를 하는 이태석 신부의 모습을 그린 프로그램이었다. 이태석 신부를 보며 사랑이란 저런 거지, 저 분이 예수구나, 생각했다. 프로그램 속 신부는 예수의 삶을 온몸으로 실천하고 있었다. 그를 보며 선교란 내가 좋아하는, 내가 사랑하는, 내가 존경하는 사람이 믿는 것을 나도 믿어보고 싶게 하는 것이 아닐까, 라는 생각을 다시 해보았다.

나는 고향 동네 뒤 교회가 있던 풍경을 좋아했다. 교회를 열심히 다녀서도, 열심히 하나님을 믿어서도 아니다. 우리 밭 위쪽에 있던 교회가 해질녘 종탑과 어머니, 아버지가 일하던 풍경을 엮어 밀레의 〈만종〉이라는 그림과 흡사한 장면을 연출해주곤 했기 때문이다. 〈만종〉 비슷한 풍경을 부모님과 밭과 교회와 노을이 만들어내고 있다는 생각에 내겐 흥분 비슷한 감정이 일곤 했다. 그녀가 고향에 내려오면 그녀를 데리고 가 그런 생각을 설명해주며 그 풍경을 보여주곤 했다.

〈만종〉은 원래 기도하는 부부 앞에 죽은 아기가 그려져 있었는데 주위의 조언으로 죽은 아기를 감자 바구니로 바꿨다고 한다. 교회가 〈만종〉에서 지워진 아기처럼 되지 않기를 바란다. 교회가 세상에서 사라져도 인간의 삶은 계속될 것이다. 그러나 교회가 〈만종〉 속 아기처럼 세상에서 지워져버리는 것은 아마 내게도 슬픈 일이 될 것이다.

사탄의 꾐(?)에 빠진 그녀가 가끔 교회 얘기를 하는 걸 보면 교회를 아주 잊은 것 같지는 않다. 언뜻언뜻 새 욕심도 내비친다. 가만히 들어보니 교회에 다시 가게 된다면 내 손을 잡고 가보고 싶은 모양. 내 생에서 그녀의 욕심은 실현될 수 있을까.

PART 5

눈꽃 같은 고운 존재여,
이런 세상에서 살기를

어떤 목적을 위해 시작된 우정은
그 목적에 이를 때까지만 지속된다.

-카루스

봄눈 속에 둘째 은설이가 태어났다. 첫째 은산이가 태어난 날에도 눈이 왔었다. 아이들이 눈과 인연이 깊다. 첫째 은산이는 이제 제 작은 세상들, 집과 어린이집과 외가를 휘젓고 돌아다닌다. 은설이는 뭐든 자기가 하겠다는 강한 의지로 “내가!”, “내가!”를 외쳐댄다. 신발을 신을 때도, 밥을 먹을 때도, 옷을 입을 때도, 이를 닦을 때도 엄마 아빠가 도와주려 하면 “내가!”, “은설이가!”를 연발한다. 은산이도 은설이만 할 때 목에 핏대를 세우며 “내가”를 외치며 소리 소리를 지르곤 했다. 그 시기 아이들은 도와주면 싸우게 된다는 걸 아니 그냥 지켜보게 된다. 하다 하다 안 되면 한참 낮아진 목소리로 "엄마가", "아빠가"로 도움을 요청하며 엄마나 아빠를 빤히 쳐다본다.

서른일곱에 결혼해 마흔셋, 마흔여섯에 얻은 아이들. 결혼이 늦어지면서 아이 낳는 것도 덩달아 늦어지는 요즘이지만 나는 늦어도 많이 늦은 편. 특히 첫째 은산이를 얻기까지는 오랜 기다림이 있었다. 아내가 내게 다섯 번 청혼해 결혼했다고 말한 기사를 본 적이 있다. 그녀, 오랜 기다림 끝에 나와 결혼했다고 생각했던 것 같다. 하지만 나는 그걸 몰랐다. 누가 그 횟수를 세고 있었겠는가. 나는 그녀가 결혼 의사를 내비칠 때마다 이런저런 이유를 대가며 결혼을 미루어 그녀가 이 사회에서 잘 자리 잡기를 바랐다. 그녀가 내 곁을 떠나도 여한이 없다는 생각까지 하면서 말이다. 그녀가 방송국에 다니던 어느 날 나는 말했다.

"이젠 민정이가 사회적으로 보면 강자야. 난 오랫동안 충분히 사랑받았어. 그걸로 나는 충분해. 민정이가 내 곁을 떠나도 난 여한이 없어."

정 같은 것 때문에 내 곁에 남아 있는 건 원하는 바가 아니었다. 내 말을 결혼 재촉으로 들었는지 그녀는 결혼을 서두르기 시작했다. 여기저기서 본인의 의사와 관계없이 선 얘기가 흘러드니 불안했는지도 모른다. 부모님께 정식으로 인사를 시켰고, 상견례를 했고, 상견례를 하고 1년 뒤 결혼했다. 그녀 집에서는 어떤 잡음도 들려오지 않았다. 장인어른, 장모님은 아들, 딸을 디딤돌 삼아 신분 상승을 꿈꾸지 않았다. 아니, 경계했다는 말이 더 타당할 것이다. 그녀를 만난 것도 큰 행운이었지만 그러한 장인어른, 장모님을 만난 것도 내겐 큰 행운이었다. 두 개의 행운이 우리 결혼을 가능케 한 것이리라.

결혼 후 그녀는 일에 집중했다. 일과 신혼을 즐기며 아이 갖는 것은 뒤로 미뤄두고 있었다. 아이를 원했지만 나는 아이 갖기를 강요하지는 않았다. 마흔이 넘어도 표 나지 않게 그녀가 아이를 갖고 싶어 하기만을, 아이를 향한 그녀의 마음이 활짝 열리기만을 바랐다. 그러고 보니 그녀도, 나도 서로 다른 이유로 기다린 날들이 많았구나 싶다.

그녀가 아이를 갖고 싶다는 바람을 드러낸 것은 결혼 후 2년이 지나서였다. 그녀의 결심이 서자 이번에는 내 쪽에서 문제가 발생했다. 내가 먹었던 약 중에 스테로이드제라는 게 있다. 강직성척추염 발병 초기에 통증이 심할 때는 구역질을 해가며 한 번에 네 알씩 먹기도 했는데 아이를 가지려면 그 약을 먹은 날로부터 적어도 3개월 정도는 지나야 했다. 2008년

경에는 스테로이드제를 먹지 않고 있었는데 작업을 하다 보면 드물게 눈에 포도막염이 발생했다. 그 무렵 나는 소설을 쓰고 있었다. 포도막염은 쉽게 말해 강직성척추염의 염증이 눈으로 흘러든 것이다. 심하면 스테로이드제를 먹어야 했다. 그 약을 먹을 때면 당분간 아이를 갖지 못한다는 사실에 가시를 한껏 세운 고슴도치처럼 신경이 날카로워졌다. 그녀는 결혼한 지 3년이 다 되어 가는데 아이가 없으니 둘 사이에 문제가 있는 것 아니냐는 소문이 돈다 했다. 아이는 갖고 싶고, 몸은 안 되고, 이상한 소문은 돌고, 마음이 무거웠다. 꽃은 바람만으로 피는 것은 아니었다.

그리고 2009년 1월 29일. 분명히 기억한다. 어떻게 그날을 잊을 수 있겠는가. 그녀가 포털 사이트 검색어 1위를 달린 날이니. 이름하여 고민정 누드 사건. 그날 나는 그녀의 퇴근 시간이 가까워지자 도서관에서 통화를 하고 도서관을 나와 회사 앞에서 그녀를 기다렸다. 하지만 여섯시가 한참 지나도 그녀는 나타나지 않았다. 전화도 받지 않았다. 무슨 일이 일어났음을 직감했다.

꽃에, 꽃밭에 먹구름이 드리우고 있었다. 우리가 뉴욕에서 활동하는 사진 작가 고상우 씨로부터 메일을 받은 것은

2008년 늦봄이었을 것이다. 처음에는 좀 이상한 사람이라는 생각에 그녀와 만날까 말까를 고민했다. 고상우 씨 제의로 그가 참가하고 있던 전시회에서 그를 만났다. 그는 자신의 작품을 보여주며 우리와 작업을 하고자 하는 바람을 피력했다. 그는 잡지와 인터넷 기사들을 통해 우리 부부를 알고 있었고, 사랑을 주제로 우리 이야기를 작품으로 만들기를 희망했다. 그 자리에서 작업을 약속할 만큼 그도, 그의 작품도 매력적이었다.

열다섯 살에 미술 교육이 답답해 바다를 건너가 작가가 된 사나이. 사진을 그리는 사람. 그는 척박한 한국 땅에서 미국으로 날아가 핀 꽃이었다. 그는 현대 미술의 새로운 가능성을 보여주고 있었다. 렌즈 안에서 밝은 것은 어둡게, 어두운 것은 밝게, 흰 것은 검게, 흑인은 하늘색으로, 동양인은 파랑으로 전복된다는 것에 착안해 창작을 시작한 그는 남성과 여성, 동양과 서양, 현실이 전복되는 작품들을 선보이며 보는 이들을 환상의 세계로 안내하는 화가요, 사진 작가였다. 현대 사회의 소외자인 뚱뚱한 여자, 미국 사회의 동양인 같은 소수자, 비주류들이 그의 관심 대상이었다. 사랑이라는 테마도 주요하게 다뤘는데 우리가 그 주제에 어울린다고 생각한 듯했다. 작업은 진지했고, 새로운 경험은 흥미로웠다. 작품 속 모

© 고상우 작 〈태양이 사랑을 할 때 빛은 무엇을 꿈꾸는가〉

이제는 안다
꽃은 바람만으로
피는 것이 아니었음을

델은 반전되기 때문에 누구인지 알아볼 수가 없었다. 그는 그 사실을 분명히 했고, 우리가 모델이라는 사실은 비밀로 하겠다고 했다. 그것이 그가 원한 것의 전부였다. 모델료는 없었다. 모델료가 없다는 것이 오히려 우리를 그와 그의 작업에 대한 확신으로 이끌었다. 무언가 받았을 거라는 추측과 근거 없는 확신은 믿지 못하는 사람의 것일 뿐이었다. 다만 작품이 완성되면 모델이 원하는 작품을 하나 선물하는 관행이 있다고 했다. 그것도 검색어 1위 사건이 터진 뒤 그가 말해줘 알게 되었다. 그것이 모델료라면 모델료 되시겠다.

고상우 씨 작품 전시는 2월 13일로 예정되어 있었다. 누드 기사가 터진 것은 1월 29일. 왜곡된 기사 하나로 예고에 없던 고난들이 고상우 씨와 그녀의 시간을 빽빽하게 채우기 시작했다. 그녀는 아침이면 울며 출근하고, 저녁이면 울며 퇴근했다. 부당한 기사에 고립된 개인이 넘어야 할 파고는 높았다. 기사는 누드가 아닌데도 실오라기 하나 걸치지 않은 누드라는 말을 만들어내는 비범함을 보여주고 있었다. 전시를 못하게 하라는 압력과 소송을 걸라는 겁박이 먹구름 속에서 날아들었다. 비바람은 고상우 씨에게도 향했다. 그는 저질 쓰레기 작가로 격하되었다. 그후 고상우 씨의 작품은 그녀의 회사

프로그램을 통해 방송되기도 했다. 적어도 그녀 회사 안에는 우리 작품을 쓰레기로 보는 눈과 예술 작품으로 보는 눈, 두 개의 눈이 존재한다는 의미였다. 안쓰러웠지만 나는 그녀에게 부당한 일이니 이겨내라고, 이겨내야 한다고 말했다. 부당한 요구에 굴복하는 것은 정신적 상처로 남아 이후 그녀를 괴롭힐 것이 뻔했기 때문이다. 사람은 때로 부당한 일을 견뎌낸 자긍심으로 살기도 한다는 사실을 나는 믿었다.

고상우 씨는 기자와 통화 중 기자의 질문들이 이상해 누드 아니라고, 누드의 누자도 꺼내지 말라고 경고까지 했다고 한다. 미국에서는 작품 모델이 되는 일이 있으면 회사를 빛냈다며 사장이 축하 꽃다발도 준다고도 했다. 그는 작품이 의심되면 작품을 다 보여주고 전시하겠다고 했지만 압력은 잦아들지 않았다. 작가와 모델은 함께 압력을 견뎠다. 일회성으로 지나갔을지도 모를 인연은 우리를 동지에 가까운 친구로 만들어주고 있었다.

그녀는 지쳐갔다. 그녀가 알아온 세계는 사막으로 변해 있었다. 아기를 가질 수 있는 상황이 아니었다. 사막에 꽃이 필 리 없었다. 먼 곳으로 눈을 돌렸다. 사막이 꽃밭이 되고, 마음에 꽃이 필 때까지 한국을 떠나 있기로 한 것이다. 목적지로 떠오른 곳은 중국이었다. 표면적인 이유는 유학이었지만 사실 혹성酷星 탈출에 가까운 것이었다.

아기가 들어선 것을 알게 된 건 2011년 3월. 유배에 가까웠던 중국 생활은 생각보다 행복했다. 그곳에서 아이를 가져보려 노력했지만 뜻대로 되지는 않았다. 은산이가 우주의 점으로 우리를 향해 걸음을 뗀 건 중국에서 돌아온 다음해, 아내가 아이를 포기하고 대학원에 다니기 시작할 때였다. 그날 우리는 만세를 불렀던가 아니었던가. 긴 기다림 끝에 태어난 은산이는 12월 생으로 늦게 태어난 데다 부끄럼이 많아 어린이집에서도 주눅들지 않을까 걱정했던 엄마의 우려를 불식시키며 친구들 사이를 휘젓고 다닌다.

문득문득 궁금하다. 그 기자는 생에 무언가 간절히 기다린다는 의미를 알기는 하는지…. 여러 해가 지났지만 아직도 그렇게 살아가는지, 여전히 그런 방식으로 인정을 받는지, 그리고 무엇보다 자녀들에게는 무엇을 가르치는지…. 세상이 변해도 부모가 살아가는 방식이 자식들에게는 가장 큰 교육이라는 사실만은 변하지 않을 텐데, 하면서.

귀한 삶이란 본능에서, 욕망에서 멀어지려 노력하는 삶. 내 어머니 아버지는 가난한 농부셨다. 평생 땅을 파 자식들을 가르친 농부. 당신들께선 너희가 배우겠다면 몸이 부서지는 한이 있더라도 하는 데까지 해보겠다며 4남매를 대학까지 가르치셨다. 자식들의 좌절에는 안타까움으로 잠을 뒤척이고, 조그만 성취에는 커다란 격려를 아끼지 않으시면서도 어디로 가라, 무엇을 해라 거의 말씀이 없으셨다.

모든 꽃들에게 사랑할 대상과 일할 지역을 정해주고 모두 그에 따랐다면 아마 지구라는 별에 지금처럼 꽃이 많아지지 않았을 것이다. 똑같은 모습으로 똑같은 자리에 앉아 있는 것은 조화. 조화는 생명도 꽃도 새로 피워내지 못한다. 아이들이 태어나고, 뛰어다니는 모습을 보고 있노라면 내가 노닐던 꽃밭은 어머니, 아버지의 마음이었다는 걸 알게 된다. 고상우 씨의 꽃밭은 어린 그의 미국행을 묵묵히 지지해준 어머니, 아버지가 아니었을까. 고상우 씨는 머나먼 땅으로 날아가 한 송이 꽃을 피웠다. 그 꽃씨로 우리에게도 꽃을 만들어주었다. 나도, 고상우 씨도 이제 아이들에게 꽃밭을 만들어줄 차례다. 어쩌면 그 기자도….

아이들에게도 언제든 비바람은 불 것이다. 하지만 그것도 인생의 일부라는 것, 비바람을 맞은 뒤에라야 삶은 짙은 향기를 내뿜는다는 것도 함께 일러주련다. 그 외 우리가 알아야 할 것이 무엇인가.

자본주의 시대에 시는 별 쓸모없는 꽃이 되어가는 듯도 하다. 이 첨단 이윤 추구 시대에 효율성이 바닥이라는 이유로 뒤로 뒤로 밀리고 있는 것일 게다. 내가 아는 스승께선 맨 뒷자리는 철학하는 자리라 하셨다. 모두가 1등만 하려는 시대. 맨 뒷자리가 달기야 하겠는가. 다만 나는 아이들이 뒤를 감당할 수 있는 마음의 근육들을 키우다 보면 맨 앞에서 보지 못한 것들로 맨 뒤에서도 꽃을 피워낼 수 있다는 비밀도 함께 알려주련다. 북극으로 향하기 위해 파르르 떨고 있는 나침반처럼 생의 뒷자리에서 은산이와 은설이가 흔들리며 삶을 배워가는 걸 지켜보는 것도 그리 나쁘지는 않으리라.

먼 훗날의 얘기겠지만 바라는 것이 하나 있다면 아이들의 동반자는 시 백 편쯤은 외울 줄 알아야 한다는 편견을 갖고 있었으면 좋겠다. 그러면 나는 아들, 며느리와 또는 딸, 사위와 시 백 편을 안주 삼아 술잔을 들고 삶이라는 희망에 대해 함께 얘기해볼 수 있으리라. 그런 날엔 창밖에 휘영청 밝은 달이 떠 있었으면 좋겠다.

아이가 태어나면
부부도 부모로 다시 태어난다.

-조기영

은산이가 숟가락으로 밥을 먹기 시작할 무렵 쾌재를 부른 적이 있다. 왼손잡이, 녀석이 왼손잡이였던 것이다. 어르신들에게 왼손잡이는 바로잡아야 할 습관이지만 요즘은 어디 그런가. 스포츠 세계처럼 왼손잡이를 귀하게 대접해주는 곳까지 있으니 부모들은 이제 굳이 왼손잡이를 바로잡으려 하지 않는다.

초등학교 때 나는 축구선수를 꿈꾸었다. 고무공이나 개가죽 조각을 붙인 조악한 공으로 해질녘까지 축구를 하던 우리는 팀을 조직해 십리 밖 초등학교로 달려가 그 학교 축구팀과 시합을 벌인 적도 있었다. 알기로는 군 대회 우승팀이었다. 결과는 아쉽게 1:1. 우리가 족보 한 줄 없는 동네 축구팀이라면 상대는 정식 축구팀이었다. 호적도 없는 축구팀과 비겨 자존심이 상한 그 친구들은 얼마 후 자전거를 타고 우리 학교로 들이닥쳤다. 부랴부랴 팀을 꾸려 다시 겨뤄본 결과는 2:1 패배. 퇴근하시던 교장 선생님께서 정식 축구팀과 시합을 벌인다는 사실을 알고 과자를 사주고 가셨고, 그 모습이 보기 좋았는지 얼마 후 학교에서는 하루를 통째로 비워 교내 마을 대항 축구대회를 열어주기도 했다. 우리 팀이 우승했다.

내가 진학할 중학교에는 축구부가 있었다. 우리가 겨뤄본 그 초등학교 축구부가 거의 진학해 선수로 뛰는 축구부였다. 나는 축구선수가 될 수 있다는 꿈에 부풀어 있었다. 입학하자마자 축구부에서 실시한 테스트를 통과한 나는 바로 축구부에 들었다. 하지만 그날 밤 이 사실을 안 부모님께서는 나를 앉혀 놓고 '우리가 너를 선수로 키울 만큼 잘 돌봐줄 수 없는 처지이니 공부나 했으면 좋겠구나'라는 요지의 말씀으로 나를 달래셨다. 부모님의 처음이자 마지막 부탁이었던 것 같다. 말 잘 듣는 아이였던 나는 꿈을 접을 수밖에 없었다. 꿈을 접었다고 해서 꿈 자체가 사라지지는 않는 법. 인간에게는 대리만족이라는 오래된 욕망 체계가 존재하고 있으니 자식이

어느덧 나와 닮은 모습을 한 아이

재능을 보이면 한번 키워보고 싶다는 욕망이 용암처럼 내면 깊은 곳에서 꿈틀대고 있다는 걸 나는 잘 알고 있다. 해서 녀석이 왼손잡이라는 것을 알게 된 순간, 그럼 야구나 한번 시켜볼까, 라며 회심의 미소를 지었던 것이다.

은산이 재능이 어느 정도인지는 아직 가늠하기 어렵다. 운동선수로 크지 않을 가능성이 더 크지만 가능성을 엿보고 시험 삼아 이리저리 테스트를 해보는 것 또한 아빠로서 재미가 쏠쏠하다. 요즘 공놀이를 할 때마다 녀석이 오른손으로 공을 던지려 하면 목소리가 커지며 검지로 녀석을 가리키고는 "조은산! 왼손으로 던져! 왼손으로! 알았지!" 하며 설레발이다.

어느 부모든 아이들 미래에 대한 얘기는 끝이 없다. 여전히 나는 운동선수 가능성을 빠뜨리지 않는다. 그에 대해 부정적인 그녀는 눈을 게슴츠레 뜬 채 나를 노려본다. 아직까진 당당하게 그 눈빛을 받아내고 있다. 꼬리를 내리는 순간은 아마도 녀석의 운동 신경이 별 볼일 없다는 것을 확인한 뒤일 것이다. 그러고 보니 주변에도 아들을 축구선수나 야구선수로 키우고자 하는 아빠들이 많다. 많은 아빠들이 아들이 태어나면 일단 재능이나 능력을 보기도 전에 축구나 시켜볼까 하는 생각을 먼저 하는 듯하다. 어쩌면 원시시대부터 사냥 유전자를 몸속 깊이 새겨온 아빠들의 본능인지도 모르겠다. 스포츠는 현대화된 사냥일 테니까.

그녀는 나와는 전혀 다른 방향으로 관심이 많다.

"농부가 되는 것도 괜찮지 않을까?"

근래 그녀가 한 말 중 제일 인상 깊었던 말이다. 정작 농부의 아들인 나는 그 말을 농담으로도 해본 적이 없다. 농부의 신산한 삶을 지켜보며 자란 나로서는 쉽게 내뱉을 수 있는 말이 아니었다. 농부가 누구인가. 정직하게, 또 우직하게 땅을 일구며 살면서도 존경은커녕 무시받고, 핍박받는, 수출 위주 산업 정책의 제일 첫 번째 희생자 아니던가. 낮과 밤이 없는, 끝도 없이 밀려드는 농사일을 지켜보며 나는 농부에 대한 존경심보다 힘들기만 한 이 세계를 어서 떠야겠다는 생각을 먼저 했다. 농부들도 자식들만은 이 힘든 일에서 벗어났으면 하는 마음이 더 큰 것이 사실. 농부들은 자식들이 도시로 나가 번듯한 직장 잡아 사는 것을 큰 보람으로 여긴다. 젊은 사람이 고향에 눌러 앉거나 귀농을 하거나 하는 삶은 실패로 보는 분위기마저 있어 농부들은 대체로 떠나는 자식들을 붙잡으려 하지 않는다. 농사 경험이라고는 농활이 전부였을 그녀가 농부라는 고단한 세계를 속속들이 알 턱이 없다. 그녀의 한마디가 내 부모의 직업인 농부를 예우해주는 듯해 고마우

면서도 나는 가만히 웃어줄 수밖에 없었다.

바둑판으로 사람들의 눈길이 쏠린 적이 있다. 프로 바둑 기사와 알파고의 대결. 세계의 이목을 끈 이 대결은 알파고의 승리로 끝났다. 무적에 가까웠던 알파고를 보며 우리는 알파고 이후의, 인공지능들과 살아가야 할 세계를 가늠해보게 되었다. 현재 직업 중 많은 것들이 사라질 것이라는 미래의 그 세계 말이다. 그즈음 노년에 접어들어 있을 우리 모습도 궁금하지만 아이들이 살아갈 세상의 모습도 궁금하기는 마찬가지. 20세기까지만 해도 대략 예측 가능했던 세계는 쉽게 내일을 예단할 수 없는 불가측 시대로 접어들고 있다. 점점 불안정 상태로 빠져드는 듯도 하다. 기술의 발전이 불안한 것은 기계가 점점 사람을 대체해가고 있기 때문일 것이다. 선망의 대상인 판·검사, 변호사, 의사의 일들도 인공지능을 장착한 컴퓨터나 기계가 대체할 것으로 예측되는 세상에서 '아이들은 무엇을 하며 먹고 살 것인가' 하는 지점에 부모들의 관심이 놓이는 것은 자연스러운 일. 우리도 머릿속 짧은 소견들을 돌려보았다. 선망하는 직업인 판사, 검사, 변호사를 인공지능으로 대체하고, 의사의 일들은 정밀기계가 대체해 간다면, 그래서 다른 많은 일들까지도 기계가 대신한다면 살아남을 직업은 무엇이 있을까. 엄마의 직업인 아나운서 세계도 미래가 그리 밝은 편은 아니었다.

아빠의 직업인 시인 쪽, 예술 쪽이라면? 예술가라면? 창조적 세계를 구현해내는 예술이라면 인공지능이라 해도 쉽게 흉내 내기 어려우니 살아남을 확률이 높지 않을까 생각했다. 알파고의 장점은 엄청난 표본과 사례들을 저장한 뒤 뛰어난 정보처리능력으로 최선의 수를 내민다는 것. 수많은 정보를 바탕으로 최선의 수를 선보이는 능력이나 연산능력은 컴퓨터가 최고. 그러나 아무리 뛰어난 컴퓨터라도 감정을, 생각을, 가치를, 그리고 미래를 표현하는 것은 아직 미지의 영역. 무엇보다 현재도 예술 작품은 기계로 만들어지는 상품들과 차별화된 대우를 받는다. 게다가 예술은 과거와 다른 차원의 능력을 발휘하는 게 핵심 아닌가. 많은 직업들이 도마 위에 올려져 내용도, 결론도, 밑도 끝도 없는 우리 논리에 묻혀 등장했다 사라졌다. 물론 나는 여전히 운동에 재능이 있다면, 또 재미있어 한다면 운동선수로 밀어붙일 태세다. 운동도, 예술가도 받아들이고 안 받아들이고는 아이들 몫이라는 점은 분명히 하면서. 어쨌든 부모는 상황을 주도하기보다 관찰하고 조언하며 기다리는 존재일 뿐이다. 아이들이 좋아하는 일에, 행복을 느끼고 재미있어 하는 일에 합리적으로 다가서도록 도움을 주는 존재 말이다. 우리는 아이들에게도 아이들의 인생이 있다는 걸 잊지 않는 것으로 논의를 끝맺곤 했다.

만약 우리 조언에도 불구하고 은산이가 혹은 은설이가 자신은 법관이나 의사가 되겠다고 한다면, 혹은 회사원이나 공무원이 되겠다고 한다면 하품을 하며 나는 이렇게 말하지 않을까.

"무슨 그런 따분하고 재미없는 일을 하려고 든다니. 너 참 딱하다."

그러면서 아이의 마음속에 부모를 피해 돌아다니는 진심을 알아보려고 이리저리 떠볼 것만 같다. 최근 우리는 아이들이 대학에 안 가도 된다는 조금 이른 결론에 이르고 있다. 많은 사람들이 피하는 길이니 우리도 두렵긴 마찬가지. 대학을 나오지 않은 사람들에 대한 대우나 처지를 잘 알면서도 그런 생각을 하게 된 첫 번째 이유는 대학을 염두에 두지 않으면 고등학교까지의 생활이 더 행복할 것 같기 때문이다. 어떤 목표를 정하고 그곳을 향해 매진해야 한다면 생의 행복은 목표에 발목이 잡힌 채 표류할 가능성이 크다. 행복을 위해 행복을 보류해야 하는 건 모순. 십대에 아이들이 해야 할 일은 자기를 찾기 위해 방황하고 헤매는 것이다. 끊임없이. 물론 반전이

정해진 길로만 가야 한다면
생의 행복은 먼 일이 될 것이다

있을 수 있다. 아이가 공부가 제일 재밌어요, 한다든가 공부가 제일 쉬웠어요, 한다면, 음, 정말 그렇다면 다시 하품을 하며 월급쟁이로 해고를 걱정하며 살아가는, 미래가 뻔한 공부가 정말 재밌는지, 정말 좋은지 확인해볼 것 같다. 공부가 재밌다는 데에야 할 말이 없겠지만.

인생을 살아오면서 깨달은 점 하나는 먼 나라로 유학을 다녀왔다고 해서, 서울대 법대를 나왔다고 해서 다 행복한 것만은 아니라는 사실이다. 그 누구라도 자기 삶에 만족하고, 삶에 의미를 부여할 줄 알며, 가족과 화목을 다질 수 있다면 그게 바로 행복이고, 성공이라 생각한다. 어떤 부자도 세상 모든 돈을 다 가질 수는 없으며, 가진 것을 두고서 가지지 못한 것들만 끊임없이 탐하려 든다면 그에게 행복은 다른 별들의 일이 되고 말 것이다.

잘난 것 없는 내가 여지껏 시를 쓰고 있는 것도 그 시간이 행복하기 때문이다. 어느 시를 붙들고 구절을, 단어를 지웠다, 옮겼다, 새로 썼다를 반복하며 더 좋은 구절이 없을까를 고민하다 보면 시간 가는 줄 모른다. 평화로 가는 길이 있는 것이 아니라 평화가 길이라는 말처럼 인생의 어느 지점에 행복이 시작되는 관문이 있는 것이 아니라 좋아하는 일을 하는 그 자체가 행복인 것이다. 인생은 대체로 결과보다는 과정의 연속이다. 그리고 언제나 일의 결과는 짧고, 과정은 길다. 결과보다 과정이 길다는 건 과정에서 사람을 얻고, 과정에서 사랑을 얻고, 과정에서 행복을 만들라는 뜻이 아닐까. 자식을 키울 때 유명 대학 입학이라는 결과보다 과정을 보아야 하는 이유도 여기에 있을 것이다. 성공이라는 목표로 달려가는 누군가의 마음이 멍투성이라면 행복은 이미 실패를 예비하고 있다고 봐야 한다. 멍이 행복의 표시일 수는 없지 않은가.

원시시대에 사냥을 하는 남자들에게 대근육은 필수였다. 그러나 현대 사회는 대근육 의존 방식에서 벗어나 실내 공간에서 많은 일들을 해내고 있다. 이에 따라 남성은 사냥할 때 쓰는 대근육의 필요에서 후퇴하고 있고, 여성은 대근육이 필요 없는 현대 사회 일들에 적극 나서고 있다. 이것은 마치 결과를 중시하는 남성 중심 사회가 과정도 중시되는 여성 관점의 사회로 이동하고 있다는 신호 같기도 하다. 과정을 무시하다 보면 삶이 피폐해지기 쉽다. 더위에 피서 가듯 피폐한 삶에서 탈출하기 위해 우리가 원하든 원하지 않든 시대는 그렇게 과정이 중시되는 쪽으로 흘러가지 않을까. 우여곡절들이야 있겠지만.

은산이 녀석에게 좋아하는 노래 한 곡 하라 하니 애국가를 부른다.

"동해물과 백두산이…."

"와, 백두산이네. 조은산도 산이잖아. 백두산의 산, 조은산의 산."

그러자 녀석 심드렁하게 말한다.

"난, 백두산보다 부동산이 좋아."

'떽! 어리디어린 것이 부동산이라니. 에미, 애비도 아직 가진 땅이 없거늘 벌써 땅을?' 하다 생각해보니 녀석이 막 글자를 알아갈 때 어린이집에서 집으로 돌아오는 길에 처음으로 띄엄띄엄 거리 간판을 읽었던 기억이 난다.

"부~동~산!"

비록 '부동산'이었지만 엄마 아빠는 필요 이상으로 환호하며 격려해준 일이 있었다. 녀석은 엄마 아빠가 크게 칭찬해준 그 단어가 좋았던가 보다. 그래도 부동산이라니. 허허 그것 참.

목표의 올바름을 '선'이라 하고
목표에 이르는 과정의 올바름을 '미'라 하며
목표와 과정이 동시에 올바름을
'진선진미'라 한다.

– 공자

첫째가 아들인데 둘째는 아들이 좋을까, 딸이 좋을까로 시작된 질문은 둘째가 태어날 때까지 답이 나오지 않았다. "아들에 딸이면 성비가 균형을 이뤄 보기에도 좋고 안정감 있어 보이긴 해.", "그런데 아들에 아들이면 왠지 더 든든할 거 같지 않아.", "자기들끼리 놀면서 잘 클 거 아냐. 세상이 좀 험해야지.", "딸이 살아가기엔 너무 힘든 세상이야."

딸들이 살아가기엔 너무 힘든 세상을 우리는 아들과 또 하나의 아들로 쉽게 건너갔으면 하는 생각을 더러 했다. 그렇게는 문제가 해결되지 않을 것이라는 걸 알면서도 우리는 그런 말들을 되뇌이고 있었다. 엄마 아빠의 그런 걱정들을 은설이는 언제쯤 이해하게 될까. 모르고 사는 게 좋겠지만 그것은 아마도 희망 사항에 불과하리라.

첫째가 아들이라 하면 또래 아이들을 가진 부모들은, 특히 아빠들은 거의 '에이, 딸이 좋은데' 했다. 어린데 아들이나 딸이나 뭐가 그리 다를까 했다. 하지만 아들에 이어 딸을 키우다보니 아빠들이 딸을 좋아하는 이유를 알 수가 있었다. 아들이 나무토막이라면 딸은 새의 겨드랑이털이라고나 할까. "안아줘" 하면 안기고, 입술을 가리키며 "뽀뽀" 하면 뽀뽀해주고, 밥 먹자 하면 의자에 올라 앉아 밥 먹고, 씻자 하면 "목욕할까?"라며 옷 벗고 씻고, "자자" 하면 바람 앞의 풀처럼 일단 눕는 딸. 모든 일들이 물처럼 흐른다. 감정 표현까지 풍부하다. 은산이는 밥 먹는 거, 씻는 거, 자는 거, 하나하나가 전쟁이고 전투였다. 은산이에 비하면 은설이는 평화 그 자체다.

문제는 평화 그 자체인 딸이 살아갈 세상은 말과 몸이 흉탄으로 날아다니는 전쟁터라는 것. 딸이 태어나자 미래를 걱정하기 시작할 정도로 한국 사회의 성의식은 유독 지체 정도가 심하다. 봉건적 사고가 꺼지지 않는 남성들과 살아가는 여성들의 하루는 긴장의 연속. 그런 가운데 2016년에 강남역 살인 사건이 터졌다. 진리는 진리체계 바깥에서 우연히 사건으

딸이 살아갈 세상은

어떤 모습일까

로 돌출된다는 알랭 바디우의 표현을 빌리자면 강남역 살인 사건은 남성 중심주의 진리체계 체제에서 살아가는 한국 여성들의 불안한 삶이 뾰족하게 드러난 상징적 사건. 여성들이 더 아파한 것은 당연한 일. 육체의 힘이든 권력의 힘이든 돈의 힘이든 힘 하나로 세상을 밀어붙이던 남자들과 전쟁 치르듯 삶을 이어오던 여성들은 강남역 살인 사건에 억눌러온 감정을 집단적으로 표출시켰다. 강남역 집회와 역 입구에 나부낀 쪽지와 들어올린 촛불은 불안의 파도로 넘실거렸다. 그것은 아마도 여성들이 남성 중심 세계에 "못 참겠다, 바꿔보자!"라고 외친 최초의 집단적 발언으로 기록될 것이다.

요즘 아이들의 성에 대한 태도는 우리 부모 세대와 확실히 다르고, 우리 세대와 다르고, 자신들의 윗세대와도 다르다. 이것이 절망으로 기록될지 희망으로 나아갈지는 아무도 모른다. 카톡으로 사귀고 카톡으로 헤어지며, 사귄 지 1년이 넘은 오래된(?) 연인들에겐 '부부'라는 칭호를 붙여주고, 학년 전체가 모인 자리에 불려나온 연인에게 "키스해! 키스해!"로 분위기를 고조시켜 기어이 키스를 하게 만든다는 아이들. 강요로 키스한 딸의 소식을 전해 들은 엄마가 걱정스런 표정으로 괜찮겠냐는 물음을 건네자 딸은 이렇게 말했다 한다.

"엄마, 그 상황에서 키스 안 하면 바보 되는 거야!"

부모로선 요즘 말로 대략난감일 터.

어딘가에서 드라마 촬영이 끝나고 남녀 배우에게 앞의 학생들처럼 "키스해! 키스해!"를 외쳐 결국 주연 배우 둘이 스태프들에게 서비스(?)로 키스를 했다는 내용을 접한 적이 있다. 아이들의 "키스해"가 스태프들의 "키스해"로 커간 것이리라 짐작한다. 감정이 있고 없고의 차이만 제외하면. 이 경우 세상의 주류로 살아가는 남자 입장의 남자 배우와 여전히 봉건적 질서 속에서 사는 여자 배우의 입장을 비교해볼 때 어느 쪽이 난감해하고 어느 쪽이 부담 없을지 생각해보면 어떻게 행동해야 할지 답은 쉽게 나온다. 키스라는 것이 아무 감정이 없는 사람과 할 수 있는 일인가에 물음을 던져볼 수 있는 사람이라면 겨우 감정 노동을 마친 배우들에게, 특히 여배우에게 스태프들의 스트레스를 풀기 위해 "키스해"를 외칠 수는 없다. 관음증 환자나 포르노 편집증 환자라면 모를까.

'영웅호색'이라는 말이 있었다. 여자를 좋아하는 사람이라는 건지, 여자를 무수히 거느릴 수 있는 사람이라는 건지는 분명치 않지만 영웅호색이라는 말은 이미 영웅은 남성이라는 전제가 차별로 깔려 있는 말. 호색의 영웅인 사내는 대중 앞에서의 키스가 자연스러운 일일 수도 있겠지만 키스를 당해야 하는 여성도 그러하리라는 건 남자들의 심각한 오해다. 최

'영웅호색'이란 말 속에는
남자 우위의 시선이 깔려 있다

소한 여배우가 그것을 반길지는 알 수가 없는 일. 앞서 키스한 아이 엄마의 괜찮겠냐는 물음의 의미를 알고 있다면 여배우에게 이게 괜찮겠는지를 스스로 묻고 행동할 줄 알아야 한다. 사랑이라는 감정이 없는 상태에서 상대와 타인들의 대리만족을 위해 키스가 성사되어야 한다면 그것은 야만이지 상식적 범위의 일은 아니다.

영웅호색의 그 여자를 좋아하는 남자들은 지금 이 시간에도 시내에 널려 있다. 그들 모두 영웅인지까지는 알 수 없지만 영웅은 무언가 어려운 일을 극복해낸 사람일 것이다. 좁게 봐도 온갖 유혹을 이겨내는 사람이 영웅이지 유혹에 쉽게 넘어가는 사람이 영웅일 리 없지 않은가. 누가 영웅인지 분명한데도 영웅은 호색이라는 말이 생겨난 걸 보면 남성들이 여성 호리는 일을 얼마나 합리화하려고 애썼는지를 알 수가 있다.

홍석중 작가의 『황진이』라는 소설에는 황진이가 화담 서경덕을 시험하며 적나라하게 몸으로 유혹하는 장면이 있다. 유혹에도 넘어가지 않자 황진이는 혹시 불구가 아닌가 하여 화담의 남성을 스윽 더듬어본다. 황진이가 만져본 화담의 남성은 확실(?)했다. 화담은 황진이의 유혹을 온몸으로 저항하고 있었던 것. 송도삼절 중 이절은 그런 과정을 거쳐 스승과 제자의 연을 맺는다. 유혹에 넘어가는 것과 넘어가지 않는 것,

어느 것이 어려운가. 유혹을 이겨내는 사람이 더 강한 사람일 텐데 왜 여자에게 쉽게 넘어가는 사람들을 영웅이라 했을까. 영웅호색이라는 말은 연인 관계나 가정생활을 성생활로밖에 인식하지 못하고, 성에 관한 것이라고는 성기 크기와 여성의 가슴 크기, 삽입과 배설밖에 모르는 남자들이 상황을 호도하려 밑도 끝도 없이 뱉어 놓은 말이 아닐까 한다.

대학을 나와 시를 쓰면서 입에 풀칠은 해야겠기에 막노동을 한 적이 있다. 몇 달 같이 일하는 동안 팀을 구성해 일하던, 나보다 두어 살 아래 팀장 격 친구가 자기랑 팀으로 같이 일해보자고 나를 꾀기 시작했다. 이 일을 하려면 팀으로 움직이는 게 편하니 자기와 나, 다른 동생 하나 이렇게 셋이 팀으로 움직여 보자는 것이었다. 나보다 어렸지만 막노동판에서 잔뼈가 굵은 친구였다. 일도 잘 못하는 내가 뭐가 맘에 들었는지 하루는 그가 술 한 잔 하고 여자랑 재워주겠다며 호기롭게 우리를 끌고 공사장을 나섰다. 공사장 일보다 시를 쓰고 싶었던 나는 너희나 가라며 술 마시고 여관방에 누웠지만 팀장은 기어이 같이 간 동생에게 의식(?)을 치르게 했던 모양이다.

제대를 하고 종로에서 아르바이트를 할 때였다. 서태지와 아이들의 〈난 알아요〉가 귀청을 때리던 시절, 학비든 용돈이든 벌어보자는 생각으로 나는 음식점 홀서빙을 하고 있었다. 그럭저럭 한 달이 되어 월급을 받게 되었다. 그날 월급 받은 이가 몇 안 되었다. 해서 일을 마치고 낙원상가에서 같이 아르바이트를 하던 친구들에게 족발에 소주로 기분 좋게 한 턱을 냈다. 술을 마시고 자리에서 일어서는데 디제이를 하던 친구가 나를 붙들었다. 거기 가자고.

"아이 알면서, 왜 그래."

같이 일하던 동생이 슬며시 일러준다.

"형, 사창가, 사창가."

"뭐? 사창가? 나는 그런 데 안 가! 애써 번 돈을 왜 그딴 데 써야 되는데?"

멱살이라도 잡고 흔들고 싶었지만 그러지는 못하고 실랑이를 벌이다 막차를 놓쳤고, 택시를 타려는 내 바짓가랑이를 붙들고 늘어지는 디제이에게 돈 줄 테니 갔다 오라 하니 혼자는 안 간다 했다. 돈 주면 떨어질 줄 알았다. 그날 그 문제적 영웅, 디제이는 집요했다.

기억한다. 지금은 재개발되어 사라진 길음역 그 골목을. 그날 내 급여는 54만 원. 사창가 비용은 일인당 9만 원. 셋이서 27만원. 급여의 절반이다. 태연히 이 이야기를 쓸 수 있는 것은 사창가라는 곳에 처음으로 입장을 하긴 했어도 차마 성을 돈으로 산다는 것은 상상할 수 없는 일이라 드레스 입고 들어온 아가씨와 이야기만 나누다 나왔기 때문이다.

영웅적인(?) 남자들 세계가 보통 이렇다. 이 싸구려 삼류 소설 같은 이야기에도 남자들의 너저분한 규칙 같은 게 있다. 여성들이 경기를 일으킬 음모를 계획하고, 조직의 일원으로 염두에 둔 이를 음모에 가담시키려 일을 꾸민다. 음모를 거부하면 조직에서 배제되고 따돌림이 시작된다. 자신이 오염된 곳에 상대가 발을 들이면 동지가 되고, 발을 들이지 않으면 친구도 어렵다. 사내들의 동지나 친구는 싼 티 날 때가 많다.

군대는 또 어떤가. 나는 사내들의 은어 하나를 배우는 것으로 이등병 생활을 시작했다. '낮거리'라는 말이 있다. 눈동자 굴리는 것에도 자유가 없던 이등병 때 처음 들은 말이다. 고참 병장 한 사람이 외출을 다녀와 태연히 '낮거리' 이야기를 했다. 눈동자는 차렷 자세를 하고 있으면서 낮술 마신 걸 그렇게 말하나 보다 생각했다. 하지만 주위에서 히죽거리는 걸 보면서 '낮거리'의 '거리'는 술의 자리가 아니라는 걸 알게 되었다. 그때 나는 군대야말로 수많은 영웅(?)들을 탄생시키는 훈련소일 수도 있겠다는 생각을 했다.

딸이 살아갈 세상이 이와 다르지 않을 듯한데 남성과 여성들 사이에 메갈리안을 두고 논쟁이 일었다. 한때 우리는 불안과 분노로 독재자를 향해 돌을, 각목을, 쇠파이프를 든 적이 있다. 언론은 돌을, 각목을, 쇠파이프를 핑계로 교묘하게 독재 편을 들었다. 독재의 폭력에 박종철, 이한열, 강경대의 죽음이 늘어섰다. 일상적으로 남성들의 폭력에 시달리는 여성들에게 강남역에서 발생한 여성의 죽음은 김주열, 박종철, 이한열, 강경대의 죽음과 그리 다르지 않다. 독재를 향해 들었던 돌, 각목, 쇠파이프는 목표가 분명했다. 남성들의 폭력을 향해 날아가는 메갈리안의 격한 언어들 — 돌, 각목, 쇠파이프 — 도 목표는 분명하다. 그렇다면 우리는 먼저 어느 쪽을 향해 소리쳐야 할까. 남성들의 일상적 폭력에 대한 메갈리안의 분노일까, 메갈리안에 대한 남성들의 분노일까. 이제 웃고 뛰어다니기 시작한 딸이 커가면서 나는 또 어떤 이야기를 해야 할지 두렵다.

내 삶에는 두 가지 목표가 있다.
사랑과 예술이 그것인데 이 둘은
끊임없이 싸운다. 왜냐하면
사랑도 그것을 위해 전부를 요구하고,
예술도 그것을 위해 전부를 요구하기 때문이다.

– 이사도라 덩컨

대학 시절부터 뇌리에 강하게 박혀 있던 구절이다. 어디서 봤는지는 기억이 없는데 오랜 시간이 지난 지금도 이 구절만은 머릿속에 또렷하다. 아마도 그 무렵 시를 쓰며 살기로 결심했기 때문일 것이다.

사랑. 살아가면서 누구나 마주하게 되는 명제다. 그런데 예술가에게는 이 명제에 앞서 건너야 할 강이 하나 더 있다. 가난이 그것이다. 가진 것 없던 나는 가난을 어떻게 헤쳐나가야 할지를 결정해야 사랑이든 예술이든 가능할 것 같았다. 소설 『달의 뒤편』에 이렇게 쓴 적이 있다.

'가난을 두려워하지 않는 것과 세 끼 밥을 해결하는 것은 비슷한 것 같으면서도 다른 것이었다. 가난을 밥처럼 먹고 사는 시인도 하루 세 끼를 해결하지 못하고서는 인간이라는 존재로 살아갈 수 없었다. 시를 쓰며 산다는 것은 여전히 꿈을 꾸며 살아간다는 뜻이었지만, 시는 스스로 밥이 되어주지는 않았다. 꿈은 끊임없이 현실에 부딪혔고, 밥은 끊임없이 시를 시험했다. 시가 마음이라면 밥은 몸이었고, 시가 이상이라면 밥은 현실이었다. 내 눈에 비친 시와 밥은 꿈과 현실처럼 둘이면서 하나였고, 하나면서 둘이었다. 나는 시와 밥, 꿈과 현실, 두 세계를 드나드는 바람이어야 했다.'

사랑과 예술, 가난은 보조를 맞추지 못하면 넘어지고 마는 2인3각 경기와 비슷하다. 그러나 2인3각 경기는 경쟁이 끝나면 끈을 풀면 그만이지만 사랑과 예술, 가난으로 묶인 삶은 풀고 싶다고 쉽게 풀릴 끈이 아니라는 점에서 생의 난제다. 사랑을 생각하면 예술이 울고, 예술을 생각하면 가난은 필연. 시를 쓰며 살기로 한 나로서는 무언가 한마디를 덧붙여야 할 것만 같았다. 그것이 허름한 정의이거나 초라한 변명일지라도.

'그래, 가난하면 되잖아. 까짓것.'

가난의 문은

열기까지가 두렵다

그것은 열정 가득한 청춘의 맹세 같기도 했고, 내밀한 욕망을 먹고 있는 저 깊은 곳의 또 다른 내게 보내는 이별 통지서 같기도 했다. 가난해도 된다고 생각하니 마음이 편해졌다. 외려 가난에서 탈출한 기분이 들기도 했다.

그녀와 인연이 시작되기 전에도, 후에도 나는 가난했고 나는 있는 그대로를 그녀에게 보여주었다. 그래도 그녀는 내 곁을 떠나지 않았다. 어느 때는 어여쁜 그녀가, 여전히 너무 잘해주는 그녀가 부담스럽기까지 했음을 고백하지 않을 수 없다.

'왜지? 가난하고 보잘것없는 내게. 이유가 뭘까.'

가난한 삶이 흘린 가난한 질문이었다. 질문을 던지고 있는 나를 발견하고는 흠칫 놀라기도 했다. 홀연 떠나버리지는 않을까 하는 불안으로 나는 그런 질문을 던지고 있었는지도 모른다. 있으면 있는 대로 없으면 없는 대로 데이트를 했지만 변함없이 그녀가 곁에 있었던 것을 보면 사람은 경제력보다 강한 삶의 태도에 끌릴 때가 있는 것 같다. 그러고 보면 가난은 궁핍이라는 상태의 문제라기보다 어떻게 대할 것인가 하는 태도의 문제인 듯도 하다. 그녀는 낙원동 골목 1,500원짜리 국밥집으로 들어가도 얼굴 찌푸리지 않았고, 어떤 날은 나를 끌고 들어가기도 했다. 어느 생일에는 그곳에서 국밥 한 그릇 먹는 것으로 생일 잔치를 대신하기도 했다.

그녀를 알게 될 즈음 나는 청년회에 다니고 있었다. 그녀는 학교가, 나에게는 청년회가 주활동 공간이었다. 청년회는 매일 나오라 명하지는 않았지만 나는 거의 매일 청년회를 찾았고, 집회 참여를 강제하지는 않았지만 나는 거의 집회 장소에 있었다. 학생 때와 목적이 비슷해서, 학생 때랑 방법이 달라서 좋았던 청년회. 매번 뒤풀이가 있었던 그곳. 뒤풀이비를 내고 나면 버스비가 없을 때가 더 많았던 그때. 버스비는 600원이었던가. 600원이었는데 버스 카드를 쓰면 550원이었던 듯하다. 택시 탈 생각은 하지 못하던 때, 돈이 없으면 두 발을 바퀴 삼아 기거하던 옥탑 방까지 걸었다. 아현동 청년회에서 신촌, 북가좌동, 응암 오거리를 지나 신사동 옥탑 방까지 걸으면 두 시간 반 내지 세 시간, 도착하면 새벽 세시일 때도 있었고, 네시가 훌쩍 넘을 때도 있었다. 까만 밤의 달, 별, 가로등과 대화하던 시간. 가난했지만 마음만은 풍요로운 시절이었다.

청년회는 단순한 친목 단체가 아니었다. 당시 사회운동을 하던 한국 내 청년회 중 제일 큰 단체였다. 청년회에 나가기 시작하면서 거기에서 할 수 있는 일을 찾았다. 제일 쉽게 할 수 있는 것이 청소였다. 시가 좋아 시인이 된 나는 건물 입구에 버려진 담배꽁초들을 마냥 지나치기 어려워 청소를 시작했다. 이왕 하는 거 옆에 있는 떡볶이집 앞, 양복점 앞, 앞에 있는 분식집 앞도 함께 쓸었다. 독립된 나라의 문지기가 되어도 좋다던 백범처럼은 아니지만 나는 기꺼이 청년회에서 아무도 알아주지 않는 청소부가 되었다.

그렇게 청년회에 다닌 지 두 해 남짓, 어느 날 청년회 일꾼이 나를 호출했다. 청년회는 자체적으로 운영하던 어린이집이 있었다. 기업도 아닌 청년회에서 운영하는 어린이집은 내게 신선한 충격이었는데 나를 불러낸 것은 그 어린이집 원장이었다. 어린이집으로 가자 했다. 뭔가 중요한 일이 예정되어 있다는 예감이 전신을 훑고 지나갔다. 여러 생각들이 머리를 휘저었다. 총회를 앞두고 있던 때, 총회의 중요한 일정 중 하나는 선거. 선거를 앞에 두고 할 얘기는 어떤 임무일 터. 임무는 곧 자리, 혹 자리라면 사무처장쯤일까, 생각했다. 알 수 없는 긴장감이 감돌던 차 안에서 실없는 농담들을 이어 던지며 어린이집에 도착했다. 어린이집에는 청년회 회장, 부회장, 사무처장 등 청년회 핵심 일꾼들이 모여 있었다. 나는 사무처장직이라면 할 수 있겠다는 결심을 한 상태였다. 하지만.

일꾼들은 내게 회장 출마를 제안했다. 그것은 내 예상을 훨씬 뛰어넘는 것이었다. 온몸의 피가 방향을 틀었다. 청년회에 다니기 시작한 지 두 해 남짓, 아직 버거운 자리였다. 바로 답을 하지 못했다. 그 무렵 청년회는 학생운동을 경험한 회원들이 다수 유입되면서 대학과 다르지 않은 활동 방식에 젖어들고 있었다. 일꾼들은 대학과 같은 방식으로 청년회가 운영되는 것을 경계했다. 그들은 독자적인 청년회만의 방식을 원했다.

청소를 시작한 이후 누군가 빗자루를 들고 와 함께 청소를 하고, 누군가 또 공명하며 무리를 이루고, 그런 모습이 자연스러운 일상이 되는 청년회를 상상해보지 않았다면 거짓일 것이다. 내 가족이, 내 곁에 있는 사람이, 내 이웃이 함께하지 않는다면 결국 사회도 변하지 않는다는 생각…. 그런 것들을 주목한 것일까. 그마저도 엘리트주의의 아류였다는 걸 깨닫곤 하는 요즘이지만, 그런 행동이 청년회다운 모습이라고 생각한 것일까. 논의 끝에 그들은 적합한 일꾼으로 나를 선택했을 것이다. 그들은 이미 논의를 마친 상태였고, 나는 논리적으로 무방비 상태였다. 결정은 오래 걸리지 않았다. 일꾼들이 원하는 것이 무엇인지 알고 있다는 듯 나는 제안을 덥석 물어버렸던 것이다.

먼저 접촉해온 것은 선거 상대 후보 쪽이었다. 나중에 맞상대가 된 그들이 선거를 준비하고 있다는 생각을 전혀 하지 못했지만 선부른 행동만은 삼가야 한다는 의견을 피력했다. 청년회가 분열되는 것을 원치 않았고, 청년회의 장점이 더욱 굳건히 뿌리내리기를 바랐기 때문이다.

선거는 패배로 막을 내렸다. 고유의 방식 위에 새로운 것들을 모색해야 하며, 대학의 방식만으로는 미래가 없다. 만약 그런 방식을 고집한다면 청년회는 고사하게 될 것이라는 우리의 경고는 선택을 받지 못했다. 폭음이 하룻밤을 지배했다. 이러이러한 사람이니 표를 달라고 말하는 것은 참 겸연쩍은 일이라는 것, 그런 행위를 내가 아주 쑥스러워한다는 것을 선거는 조금 불친절한 방식으로 내게 일러주었다.

훗날 그녀는 말했다. 청년회에 나를 뺏기는 줄 알았다고. 선거 결과가 내심 기뻤다고. 선거 결과가 달랐다면 우리는 인연을 이어가지 못했을지도 모른다. 모든 일정들이 회장이라는 직책 앞에 줄을 서고 나면 학생이었던 그녀가 끼어들 여지가 거의 없었을 테니까.

내가 처음 청년회에 들어갔을 당시 청년회 회장은 국가보안법 위반 혐의로 구속되어 수사를 받고 있었다. 회장은 어린이집을 만드는 것을 주도한 장본인이었다. 물론 그는 무죄로 풀려났다. 지금도 기억한다. 회장의 부인이 면회를 마치고 와서 아이를 안으며 짓던 그 환한 미소를. 어두운 시대에 남편은 죄가 없다며 반짝이던 그 눈빛을.

그때를 떠올리며 그녀와 농담을 한다.

"내가 회장이 돼 감옥이라도 갔으면 어쩔 뻔했어."

"그런 걱정은 감옥에 가보고 나서."

"한번 가보라는 얘기?"

"하늘에 대고 부끄러움이 없다면 얼마든지."

그리고 눈동자를 반짝이며 상황을 매듭짓는 그녀의 한마디.

"다른 건 몰라도 내가 옥바라지 하나는 자신 있는데."

옥바라지를 감내할 수 있는 믿음. 그 깊이를 나는 모른다. 옥에 갈 만한 일이 없으니 이것은 행운인가, 불행인가. 그녀가 가진 백범의 어머니 같은 튼튼한 정신의 근육, 마음의 근육에 놀랄 때가 많다.

선거 이후 내게는 전혀 다른 풍경이 펼쳐졌다. 선거는 회원들이 내 능력의 한계와 그즈음 시작된 내 연애를 간파해낸 결과였는지도 모른다. 너는 시나 쓰라는 의미였을 수도 있겠다. 어쨌든 패배는 시간의 옆구리를 비워 내게 연애할 시간을 허했다는 것만은 분명하다. 그날의 결과가 달랐다면 이후 내 모습은 어땠을까 상상해볼 때가 있다. 옥탑 방이나 반지하 방에서 라면으로 끼니를 때우며 홀로 지내고 있지 않았을까. 노총각 냄새를 폴폴 풍기면서.

그녀는 오랜 시간 내 가난을 개의치 않았고, 가난이 흐르던 강을 함께 건너와 시를 쓸 수 있는 삶의 기반까지 만들어주었다. 그래서인지 그녀는 내가 게으름이라도 피우면 이렇게 한탄한다.

"내가 일찍 마음을 주는 게 아니었어. 애를 좀 팍팍 태웠어야 위대한 작품이 나오는 건데!"

그러면 나는 답한다.

"내 가장 위대한 작품은 당신이잖아. 안 그래?"

그녀, 피식 웃고 만다.

집에서 지내다 보니 집안일의 의미를 되짚어볼 때가 있다. 남자와 여자가 동등하듯 집안일도 회사일만큼 중요한 것 아닌가 하는 생각, 나뿐만은 아닐 것이다. 바깥일이 집안일보다 큰일이라는 주장은 남자들이 만들어낸 논리가 아닐까 의구심이 드는 것도 사실. 삶의 근거지에서 흘러나온 이 논리가 유교가 불교를, 기독교가 이슬람교를, 자본주의가 사회주의를 자신들의 필요에 따라 억눌러온 이유와 비슷하지 않을까 하는 생각을 따라가다 보면 사랑이 예술에 바쳐져야 하는 희생적 가치가 아니라, 사랑도 예술처럼 중요한 일이라는 바다에 당도하곤 한다.

사랑으로 써내려간 인생은 대의로 이룬 역사만큼, 예술혼으로 완성된 작품만큼 소중하다는 것이 나쁜 생각은 아니지 않은가. 그래서 하는 말, 사랑도 예술이다. 다른 이들이 그러거나 말거나.

아버지가 자식에게 해줄 수 있는
가장 중요한 일은
그의 어머니를 사랑하는 것이다.

-허즈버그

새벽 두시 경 그녀에게 한 통의 전화가 걸려왔다. 낯선 남자로부터. 신혼 때였다. 자고 있는 그녀에게 전화기를 쥐어주었다.

한 시인은 〈남편〉이라는 시를 이렇게 끝맺었다.

'전쟁을 가장 많이 가르쳐준 남자.'

아내들이 공감할 이 구절에 비추어보면 나는 바로 그녀에게 전쟁을 선포해야 했다. 한밤중에 남자 전화라니! 내심 놀라고 있었지만 부러 멋진 말을 골라 허공에 띄웠다.

'누군지 모르지만 사람은 볼 줄 아는군.'

행복은 다양한 웃음으로 만들어내는 집

그녀는 무안해했다. 나는 말을 이었다.

"음, 내 아내가 이토록 매력적이란 말이지?"

'사람을 좋아하는 게 죄일 수 없다. 내가 봐도 이렇게 예쁘고 매력적인데, 그는 아주 정상적인 남자인 거다.' 이 따위의 속없는 이야기를 나불거렸던 것 같다. 자야 하니 새벽에 전화하는 건 삼갔으면 좋겠다는 얘기를 호기롭게 덧붙였던 것 같기도 하다.

기본적으로 사랑이란 감정은 독재. 단 한 사람에게만 허용되며 민주주의라는 것과는 거리가 멀다. 이 사랑의 세계에 민주주의 방식을 차용하려 든다면 바람둥이로 오해받기 쉽다. 남자가 이 여자, 저 여자와도 자며, 오는 여자 막지 않고, 여자가 이 남자도 저 남자도 좋고, 오는 남자 사양 안 하는 민주적 방식으로 모두가 살아간다고 상상해보라. 인간이 구축해온 사회는 뿌리부터 흔들릴 것이다. 기본적으로 사랑이라는 감정은 단 한 사람에게만 허용하는, 허용되어야 하는 독재에 가깝다.

흥미로운 것은 사랑이 독재라 할지라도 독재자의 지위를 부여받기까지는 모두 동등한 위치에서 민주주의 방식을 거쳐야 한다는 점이다. 한 사람의 마음을 흔들 때까지 우리는 같은 위치에서 많은 경쟁자들과 결투도 불사하며 보다 돋보이려는 노력을 게을리하지 않는다. 독재자의 자격이 부여되기까지는 말이다.

더 흥미로운 점은 아무리 독재의 지위를 부여받았다 하더라도 독재의 길로만 일로매진하면 그 지위가 위태로워진다는 점이다. 사랑의 이름으로 부여된 지위를 독재를 위해 쓰면 곤란하다는 말이다. 상호 독재의 지위가 부여된 관계에서는 독재와 거리가 먼 소통과 배려, 관용이 넘쳐야 삶이 윤택해지고 풍부해진다는 것을 우리는 눈여겨봐야 한다. 현재 자본주의에는 복지라는 사회주의 요소들이 있다. 자본주의가 사회주의 요소들을 받아들인 건 경쟁 상대인 사회주의가 좋아져서가 아니라 그래야 지속적인 생존이 가능하다고 봤기 때문이다. 중국 같은 사회주의 국가도 경쟁 이념인 자본주의의 핵심 요소들을 받아들여 체제를 유지하고 있다. 남녀는 신체가 유별하지만 여성 안에도 남성성이 있고, 남성 안에도 여성성이 있다. 오로지 여성성만으로 혹은 남성성만으로 살아가는 사람은 없다. 여성도 남성성을 발휘해야 할 때가 있고, 남성도 여성성을 발휘해야 할 때가 있다는 의미. 여성성만으로, 혹은 남성성만으로 살아가는 사람이 있다면 그 사람은 아마 혼자 살고 있는 사람이거나 혼자 살아야 할 운명일 가능성이 크다. 사랑은 이질적 악기들로 절묘한 조화를 이루어내는 교향곡처럼 때로는 독재로, 때로는 민주적으로, 필요에 따라 또 시기에 따라 소통과 관용의 음을 적절하게 선보이며 조화로운 음악을 만들어내는 것일 게다.

그녀가 외간 남자의 전화를 받던 밤, 나는 민주적 방식을 적용해야 한다는 걸 본능적으로 느끼고 그것을 바로 현실에 적용시킨 건지도 모른다. 그렇다면 그것은 사랑에 민감한 독재자의 탁월한 유연성이었다고 할 만하다. 롤랑 바르트가 『사랑의 단상』에서 언급한 성공한 커플 구조에 필요하다는 그 유연성 말이다.

이렇게 쓰니 그녀가 생활에 많은 자유를 누릴 듯하지만 꼭 그렇지만은 않다. 내가 독재자로서 그녀에게 선포한 생활의 규제가 상당히 많다. 첫째가 골프는 치지 말자는 것이었고, 모피는 안 된다는 것이 두 번째였다. 상황이 이러니 그녀가 명품을 사들고 다니는 것은 분위기상 불가능했다. 그러니까 "명품은 안 돼"는 묵시적 규제에 가까웠다. 그렇다고 대놓고 "첫째 골프, 둘째 모피, 이건 금지야"라고 한 건 아니다. 가령 이런 식이다. "언론인이 골프 칠 시간이 어딨어, 쯧쯧." 하기도 하고, 기자가 골프 친다는 얘기를 접하면 "기자가 골프 치는 사람 비리를 캐야지, 골프나 치러 다니고, 기자 맞아?" 하면서 "기자는 기득권 편에 서서 기자인가." 이런 식으로 편견 가득한 대못으로 울타리를 친다. 사실 잔소리에 가까운 것이다. 그럼 그녀는 "또 그 소리" 하며 핀잔이다.

딸이 이런 독재 치하에 살고 있다는 걸 아시는지 모르시는지 장모님은 우리 생활에 특별한 간섭이 없었다. 그러던 어느 날, 결혼생활 5년이 훌쩍 넘은 어느 겨울날이었다. 그해 겨울은 유난히 추웠다. 영하 15도 밑으로 내려가는 날들이 많았다. 그런 날씨에 딸이 생각나셨는지 장모님은 새 모피를 입고 오셔서는 슬쩍 그녀에게 입어보라 하셨다. 그녀에게 따뜻한 걸 입혀주고 싶으셨던 것. 차마 "안 돼!"라고는 못하고 속으로 놀라고 있는데 그녀가 환한 표정으로 모피를 덥석 받아들었다. 엄마가 입어보라는데 사위가 뭘 어쩌겠어, 하는 표정이었다. 가져가시라 하지도, 버리지도 못한 모피는 아직 옷장 한 자리를 떡하니 꿰차고 있다. 결국 독재자의 규제가 흐려질 수밖에 없었다.

"그럼 영하 10도 이하로 내려가면 입어."

내 도전에 그녀의 입 한쪽이 올라갔다. 한 번 무너진 기준은 계속 허물어지기 마련. 그녀는 영하 5도쯤 되는 날에도 "춥다, 춥다"를 연발하며 내 입을 원천 봉쇄한 채 모피를 입고 바람처럼 현관문을 나선다. 이쯤 되면 규제는 형식일 뿐, 그런 날들엔 그녀 뒤통수를 향해 내 입이 뾰족하게 날아가곤 했다.

그녀가 후배 결혼식 사회를 봐준 적이 있다. 직업이 직업이다 보니 사회를 종종 볼 일이 생긴다. 아끼는 후배의 결혼이어서 흔쾌히 그러마, 하고 봐준 사회였다. 그 뒤 그 후배가 감사인사차 우리 집을 방문했다. 식사를 하고 배웅을 나오는 길에, 후배는 "저, 이거." 하며 차 안에서 종이 가방 하나를 꺼내 들었다. 마중나와 조수석에서 본 것이었다. 코트로 유명한 브랜드 이름이 새겨진 쇼핑백이었다. 후배는 그걸 갖고 내리지 않았다. 필요한 물건이 들어 있는 거겠지, 했던 그 쇼핑백이 그녀에게 건너가고 있었다.

"오빠한테 혼날까봐 못 갖고 내렸어요."

후배는 독재자와 그녀를 번갈아 보며 웃었다. 엉거주춤 서 있는데 변명이 쏟아졌다.

"이거 쬐끄만 거예요. 비싼 것도 아니에요. 언니한테 뭔가 보답은 해드려야겠고요…."

"야, 야, 야! 허, 이런!"

독재자의 입은 길 잃은 감탄사를 거품처럼 물고 있었다. 그녀는 나와 후배를 보며 배시시 웃었다. 규제는 후퇴에 후퇴를 거듭했다. 커플에게 필요한 유연성은 곧 부러질 듯했다.

나는 운동을 좋아한다. 축구, 배구, 야구의 그 운동 말이다. 해서 집에서 스포츠 중계 보는 걸 즐긴다. 신혼 초, 퇴근하면 야구 중계를 보고 있는 내게 그녀는 잔소리를 늘어놓곤 했다. 결국 결혼 후 첫 이사 때 그녀는 집에서 과감하게 텔레비전을 치워버렸다. 이것은 독재자에 대한 사실상의 쿠데타요, 선전포고. 물론 내게 수차례 동의를 구하는 절차를 거치긴 했다. 그래도 그게 어디 동의인가. 야구 말고 자기를 보라는 말에 나는 달리 할 말이 없었다. 그렇게 몇 해를 살았다. 가끔 아쉬운지 그녀는 푸념을 늘어놓곤 했다.

"프로그램 모니터를 하긴 해야 하는데."

어쩌다 처가에서 내뱉은 이 말을 장인어른께서 허투루 듣지 않으신 모양. 이 말은 '아, 시 쓰는 사위 놈이 아나운서인 우리 딸 텔레비전도 못 보게 집에서 텔레비전을 없애버렸구나'라는 결론으로 달려간 듯했다. 어느 날 처가에 갔는데 장인어른께서 나를 부르셨다. 그러고는 무언가 꺼내놓으셨다. 텔레비전이었다. 박스만 풀어놓은 새 텔레비전. 헌것으로 꾸미기 위해 부러 박스를 뜯어놓은 게 확 티 나는. 막상 가져가라 하려니 사위가 조심스러우셨던 모양. 장인어른께서는 애써 뜯어놓은 텔레비전만 보시며 말씀하셨다. 크지 않은 것이었다.

"어, 이거 친구가 쓰던 건데 안 쓴다고 해서. 자네 갖다 쓰게."

말씀도 조심스러웠다. 본래 장인어른은 처남들이 쩔쩔 맬 정도로 엄한 분. 그 정도면 사위 대우를 충분히 해주신 것이다. 텔레비전에 관해선 아무런 잘못이 없는 나는 얼른 네, 하고 대답해버렸다. 쿠데타로 거실이 허전했던 비정상적(?) 가정은 그렇게 장인어른의 오해를 통해 몇 해 만에 아주 정상적인(?) 모습으로 되돌아올 수 있었다. 쿠데타의 주역은 표정이 조금 복잡했다.

사랑을 한마디로 정의하기는 어렵다. 한마디로 정의를 내리는 게 꼭 필요한 것도 아니다. 하지만 사족으로 한마디 붙여 본다면 사랑은 기쁨, 행복, 즐거움 등의 감정에 슬픔, 아픔, 노여움이라는 이질적이고 상반된 감정들이 서로를 떠받치고 있는 형상이 아닐까 한다. 어떤 드라마에서 남자 주인공이, "사랑한다고, 좋아한다고 왜 말을 못해!"라고 여자 주인공에게 화를 내는 장면이 있었다. 그 경우 남자 주인공의 화는 그냥 화가 아니라 사랑의 다른 표현일 것이다. 사랑은 좋은 것, 즐거운 것만 있는 거라고 생각하기 쉽지만 사랑은 슬픔과 기쁨, 아픔과 웃음, 노여움과 즐거움 등이 서로 이웃하며 떠받치고 교차하고 교류하는 과정인 동시에 그 과정에서 파생되는 감정과 느낌의 총체일 것이다.

연애 3년 차에 내 병을 알게 된 그녀의 마음에도 그런, 전혀 다른 감정들이 교차했으리라. 사랑으로 얻었던 기쁨과 연인의 희귀한 질병과 연인으로서 고통을 감내해야 한다는 당위와 당위로부터 도망치고 싶은 마음과 사랑에서 여러 갈래로 갈라진 미로들을 고통스럽게 바라보며 번민했을 그녀의 마음을 헤아릴 때마다 마음이 시리다.

세상에는 수많은 사랑이 있다. 사랑은 대개 완벽한 모습보다 완벽해지려 노력하는 모습으로 존재한다고 나는 믿고 있다. 그래서 사랑은 성공의 결과처럼 완벽한 모습보다 과거의 나를 깨고 나오려는 과정을 통해 보다 선명하게 본연의 모습을 드러내곤 한다. 어떤 의미에서 사랑은 자신의 발견이고, 자신을 깨려는 노력인 것이다. 사랑이 모두 다른 형태를 띠고 있는 것은 어쩌면 매 순간 과거의 나를 깨고 나오려 노력하기 때문일 것이다.

사랑은 단순한 듯하면서도 단순하지 않고, 한쪽으로 쏠리는 듯하면서도 어느 순간 균형을 잡는다. 사랑을 물질에 비유한다면 물의 모습이 아닐까. 모두 채운 뒤 흘러내리고, 막으면 돌아가고, 높은 곳에서 아래로 흘러내리는 상선약수의 그 물 말이다.

어떻게 살 것인가를 생각할 때마다 나는 어떻게 죽을 것인가를 생각한다. 삶을 마무리하는 날의 풍경을 머릿속에 그려보고 누구 품에서 죽을 것인가를 생각하다 보면 어떻게 살 것인가가 보이고, 누구를 사랑할 것인가가 보인다. 내 생의 사랑은 그녀 한 사람으로 족하고, 인생은 그녀에 대한 사랑으로 채우면 된다고 생각한다. 그리고 먼 훗날, 생의 마지막 날, 그녀의 품에서 눈을 감는 것으로 생을 마무리하면 된다고, 그러면 된다고 생각한다.

결혼 12년. 나는 아직 그녀가 궁금하고, 그녀를 위해 무언가를 할 때 가장 설렌다. 결혼 10주년을 기념하여 그녀에게 써준 시에는 이런 구절이 있었다.

'세월을 사용하기로 사랑만 한 것이 있으리오'

사랑을 한마디로 정의할 수 있을까
나는 아직도 그녀가 궁금하고
그녀에게 설렌다

나의 소중한 그대들에게

다시, 당신이라는 멋진 가을에

다시, 당신이라는 멋진 가을을 허락한 하루요

그대를 만나 외로움과 그리움을 수리한 나는
생이 청춘의 긴 외로움을 접어 선물한 것이
결혼인 듯 하였소

그대를 알고 내 마음을 알았을 땐
말 없는 나무처럼 나는
마음에 달린 잎들을 흔들었고

내 몸의 울음소리를 들었을 때
입 없는 꽃처럼 그대
눈물로 눈동자를 흔들었었지

시로 사물을 만지는 나는
그대 그늘에 따스했던 날들을
낮을 녹음하던 그림자들에게

들려주고 싶었지

세월을 사용하기로 사랑만 한 것이 있으리오

바람을 켜놓은 낮에도
달을 켜놓은 밤에도
아이들 미소를 건축한 날에도
당신을 걸어가는 이 그리움

생의 처음들을 지나가다 보면 생은
그 마지막마저 처음인데
당신으로 빚은 이 그리움 흘러가다 보면
생 너머에서도 이 그리움으로 나는
당신을 추억하고 있을 거요

시는 절망의 편이요
당신은 희망의 편이니
매일 밤 모국어의 불을 켜
어딘가로 들어갔다 돌아오는 내가
생의 문장 속에 그대 향기를 켜면

당신은 언제나

사랑의 수도요

나의 수도

결혼 10주년을 기념하며

당신의 기영

사랑하는 당신에게

가을입니다

사내들에게 가을은 외로움 아니면 즐거움일 것입니다

당신이라는 존재를 알기 전 내 생활은

외로움으로 점철된 날들이었지만,

당신과 함께한 이후 나의 삶은

즐거움과 기쁨과 감동의 날들이었음을 고백합니다

돌이켜보면 사람들은

시인을 좋아하였으되

가난을 사랑하지는 않았습니다

시인과 가난 사이에서 방황하는 그들의 눈빛이 안타까웠습니다

왜냐하면 시인은 가난하지 않기 때문입니다

서른 즈음까지도 나는

내 영혼을 그러안고

인간이라는 무한한 가능성을

알아볼 줄 아는 한 사람을 찾아 방황하였습니다

그 시간은 길었습니다
그런 어느 날 내 앞에
홀연히 당신이 나타났습니다
그것은 아마도 허공을 날던 민들레 홀씨가
내가 써놓은 원고지 위 사랑이라는 글씨에
사뿐히 앉는 것과 같은 확률이었을 것입니다

태양은 나를 향해 비추었고
바람은 나를 향해 불었으며
사계절도 내 희망대로 도는 날들이었습니다
그 나날들 속에
당신은 오직 내가 사랑하는 한 사람이었지만
당신은 때로
나의 여동생이었으며
당신은 때로
나의 누나였으며
당신은 때로
나의 스승이었고
당신은 때로
나의 동지였으며

당신은 때로
나의 어머니이기까지 했습니다
그리고 지금, 당신은
그 모든 모습을 녹여
사랑하는 나의 아내가 되어 있습니다

결혼을 준비하면서 우리는,
우리가 물이 될 수는 없겠지만
물처럼 살아보기로 약속했지요
돌아보면 물처럼 살겠다는 우리의 약속이 부끄럽기도 하지만
우리는 여전히 물처럼 살기를 포기하지 않았다는 것으로
스스로를 위로하고
안도하며 하루를 살아가고 있습니다

인간은 욕망하는 기계라 했던가요
많은 이들이 명품 갖기를 소망하는 이 시대에
명품 하나 없는 당신이
이미 명품임을 알고 있는지요
이미지라는 헛된 구름이 횡행하는 이 시대에

돈이 사람을 흔드는 세태 속에서도
안과 밖이 하나로 아름다운 당신이
많은 이들에게 사랑받기를 소망합니다

언젠가 당신에게 썼던 한마디로 이 짧은 편지를 마무리하려고 합니다

먼 훗날 당신이 이룩한 풍경이 있다면
나는 그 풍경 속에
한 포기의 풀이라도
하나의 돌로라도 그려져
당신의 풍경이 되겠습니다

당신을 사랑합니다

2007년 10월 9일
우리의 결혼 2주년을 기념하며
당신의 기영

은산이에게

은산아
엄마는 열 달 동안
몸으로 시를 써
너를 낳았단다

너 태어난 뒤
네가 웃으면
엄마, 아빠도 웃고
네가 울면
엄마, 아빠는 곧 비상이 걸리곤 했지

산아
사람들이 살아가는 하루란
웃음과 울음, 그리고 그 사이 어디쯤이 계속되는 시간들이란다
사람이 살아가면서 항상 웃을 수는 없겠지만
네가 살아가는 날들은

울음보다는 웃음이
절망보다는 희망이
미움보다는 사랑이
더 많은 날들이었으면 좋겠구나

산아
사람은 태어나
가야 할 두 개의 별이 있다
우리가 살고 있는 이 지구라는 별과
나라는 별이지

그 별에서는
많은 일들이 바위처럼
혹은 바람처럼
너를 기다리고 있단다
때로 예고 없이 바위가 굴러 네가 다치기도 하고
굴러온 바위가 틈을 만들어
네가 바람처럼 그 사이로 빠져나가기도 하는 것,
그것이 인생이란다
엄마, 아빠는

네가 그 많은 날들 속에서
이해가 얽혀 있을수록 정의를
가지지 못한 사람을 대할 때일수록 사랑을
먼저 생각하는 사람이었으면 좋겠구나

산아
*배는 항구에 정박해 있을 때
가장 안전하다
하지만 배는
항구에 정박해 있으라고 만든 것이 아니다

산아
아들아
크고 작은 파도가 일렁이는
저 넓은 바다를 향해
이제, 출항이다

* 존 A. 셰드의 〈내 고향 아티카에서 온 소금〉에서 인용

은설이에게

은설아, 네가 태어난 날에는 하얀 눈이 내렸단다
그래서 네 이름이 은 은, 눈 설, 은설이가 되었지

설아, 우주보다 넓은 것이 사람의 마음이지만
부모의 마음은 그보다 더 넓고
끝없는 욕심을 가진 게 사람이지만
그 욕심을 능가하고도 남는 게 자식에 대한 부모의 욕심이란다

세상의 모든 부모는 자식들에게 많은 것을 물려주고 싶어 한단다
부에서부터 외모까지도 말이다
하지만 설아, 부모에게서 물려받은 부나 외모는
스스로 이룬 것이 아니기에 사실
가치가 없는 것이란다

누군가 부모에게 물려받은 것들을 자랑으로 여긴다면

그것은 잘못된 길로 가는 신호라고도 볼 수 있겠지

스스로 목표를 세우고

스스로의 힘으로 그 목표를 이루고

주위 사람들과 그 성취의 기쁨을 함께 나누는 것이야말로

가치 있는 행복이며

그런 행복을 쌓아가는 게 인생이란다

설아

목표의 올바름을 선이라 하고

과정의 올바름을 미라 하며

목표와 과정이 동시에 올바름을 진선진미라 한단다

엄마, 아빠는 은설이가 진선진미를 실현하는 사람이었으면 좋겠구나

에필로그

시를 쓰며 사는 것과 무모할 정도로 멋진 사랑을 해보는 것은 내 청춘의 꿈이었다. 시를 쓰며 살겠다고 결심한 순간 가난은 필연이었지만 시인에게 가난을 견디는 건 그리 어려운 일은 아니었다. 가난해도 시가 있으니까. 나는 '그래, 가난하면 되잖아'와 '괜찮아, 시를 쓸 수 있다면'이라는 비명인지 변명인지 모를 말들을 번갈아 되뇌이곤 했다. 시로 인한 가난이 운명이라면 더 멋진 방식으로 가난을 맞이해야 한다고 나는 달빛이 내려앉는 옥탑 방에 앉아 생각했다.

문제는 사랑이었다. 사랑은 의지와 상관없이 사랑해야 할 상대가 있어야 가능한 일. 가난을 차려 놓은 밥상을 맛있게 먹어주는 사랑을 꿈꾸었지만 내게 그것을 홀로 완성시킬 재주까지 있는 것은 아니었다. 대상이 없는 사랑은 실로 무력했다. 이십대의 꽃 같은 시간을 외로움으로 견딘다는 건 나무가 베어지고 나서야 볼 수 있는 나이테를 영혼에 그리고 있는 일 같기도 했다. 꽃 같은 시간은 꽃 없는 시간과 같았다.

그녀를 만나기 전에도 호감이나 호의를 주고받은 사람은 있었지만 영혼이 흔들리지 않으면 나는 움직이지 않았다. 나는 다만 내 영혼을 흔들 한 사람을 기다리고 있었다. 언젠가는 내 그림이 물감보다 더 가치 있다는 것을 알게 될 날이 올 것이다, 라고 절규했던 고흐처럼 나는 언젠가 나를 알아보는 사람을 만나게 될 것이다, 라는 고집으로 먼지처럼 쌓이던 외로움을 털어내고는 했었다.

모든 불안으로 외로움은 짙어지고, 사랑의 의미마저 희미해지는 시대, 희망을 고문하고 싶지 않은 현실들이 우리 앞에 버티고 있지만 희망도 없이, 꿈도 없이 살아가라 말하는 것은 희망 고문보다 더 슬프지 않은가. 우리는 여전히 팍팍한 현실

속에서도 꿈을 꾸어야 하고, 당신은 불가능에 도전해야 한다고 말하고 싶다. 다른 이유는 없다. 그것만이 나를 살게 하니까.

아직 꿈을 포기하지 않는 이들에게는 이런 말을 써주고 싶다.

맨 뒤에 서 있다고 말하지 말자.
돌아서면 거기가 맨 앞이다.

5월의 어느 날,
조기영

당신이라는 바람이 내게로 불어왔다

1판 1쇄 2017년 5월 22일
1판 3쇄 2017년 8월 21일

글·사진 고민정 조기영
펴낸이 김정순
책임편집 배경란
디자인 김진영
마케팅 김보미 임정진 전선경

펴낸곳 (주)북하우스 퍼블리셔스
출판등록 1997년 9월 23일 제406-2003-055호

주소 04043 서울시 마포구 양화로 12길 16-9 (서교동 북앤드빌딩)
전자우편 editor@bookhouse.co.kr
홈페이지 www.bookhouse.co.kr
전화번호 02-3144-3123
팩스 02-3144-3121

ISBN 978-89-5605-724-8 03810

이 도서의 국립중앙도서관 출판도서목록(CIP)은 서지정보유통지원시스템 홈페이지(http://seoji.nl.go.kr)와 국가자료공동목록시스템(http://www.nl.go.kr/kolisnet)에서 이용하실 수 있습니다.
(CIP제어번호: CIP2017011823)